「ほら、エ〜ド」

口先にチラついたスプーンを見ながら、
エギエディルス皇子は困惑していた。
どうやら莉奈の仕草が「はい、あ〜ん」と
されているみたいで、恥ずかしいようである。

聖女じゃなかったので、王宮でのんびりご飯を作ることにしました 5

seijo ja nakattanode, oukyu de nonbiri gohan wo tsukurukotonishimashita

「リナはすぐ……牛乳を入れたがる」
侍女・モニカ
野原莉奈（のはらりな）

「何のための筋肉だか……」
近衛師団長・ゲオルグ
魔法省長官・タール
「……随分と賑やかだな、オイ」
執事長・イベール
フェリクス王

ヴァルタール皇国の首都【リヨン】。
レンガ造りの街並み。
人の行き交う整備された街道。
夜にはきらびやかに街を照らすだろう街灯。
莉奈の知っているヨーロッパの街並みが、
目の前にあった。
「ほえ〜」

聖女じゃなかったので、王宮でのんびりご飯を作ることにしました

seijo ja nakattanode, oukyu de nonbiri gohan wo tsukurukotonishimashita

5

神山りお
ill. たらんぼマン

口絵・本文イラスト
たらんぼマン

装丁
木村デザイン・ラボ

第1章　超簡単、超面倒。生キャラメル作り

シュゼル皇子にキャラメルのことがバレ、作らざるを得ない状況になった莉奈(りな)は、上機嫌なラナ女官長とモニカを引き連れ、エギエディルス皇子と厨房(ちゅうぼう)へ向かった。

「……」

厨房に入った莉奈は、皆と作業台を見比べ顔がピクリとひきつった。引いているともいう。

莉奈がお菓子を作ると聞いていたのだろう。作業台にはボウル、泡立て器、ヘラ、砂糖、卵、牛乳、小麦粉……何かを言う前に、必要だろうと想像した材料や道具が、ズラリと準備されていた。

リック料理長達は、満面の笑みで作業台に促す。「さぁ、どうぞ」と云わんばかりである。

「足りなきゃ言ってくれ」

リック料理長が、にこやかに言ってきた。

キャラメルをあげたとしても、奥さんのラナに取られちゃうんじゃないのかな、とは思っても口に出さない。

「足りるよ。キャラメルの材料は少ないから」

そう言って莉奈は、キャラメルの材料を手に取り、皆にも分かりやすい様に並べた。

「材料は、バター、砂糖、生クリームの三つ」

「え？　それだけ？」

マテウス副料理長がビックリした様に訊いてきた。

そんなに少ないとは思わなかったみたいだ。

「それだけ。生クリームがなかったら、代わりに牛乳でも大丈夫だよ。時間は掛かるけど」

「「「へぇ～」」」

驚きと感心と、色々と混じりあった声が聞こえた。

リック料理長が、大きく頷きながら訊いた。

「卵は使わないんだな」

「そうだね」

お菓子もそうだけど、莉奈が作る料理は卵を使う事が多い。でも今回は使わないから、少しだけ肩透かしの様な感じだったみたいだ。

「さてと。今回はシュゼル殿下に砂糖をたっぷり貰ったから、皆にもあげられる様に大量に作りたいと思います」

「「「よっしゃ～～っ‼」」」

莉奈が腰に手をあて、気合いを入れ直すと皆から歓声が沸いた。

お菓子に関しては作るのが難しいモノが多いから、すぐに皆には行き渡らない。それに何百人分もいっぺんに作ると、砂糖もあっという間になくなってしまうから、作れる個数にも限度があった。

そのため今回は皆も確実に貰えると聞いて、歓喜に沸いていた。

とはいえ、一人一個か二個しか行き渡らないと思うけど。だって、千も二千も作れる訳ないんだし、どう考えても一人一個でしょう？

「でも、作るには手間ヒマが掛かる」

「体力と筋力が必要なんだな？」

莉奈の発言にリック料理長が、ウンウンと頷いていた。

メレンゲ作りで身に染みた。お菓子は、意外に体力を使うと。

「後は、根気、忍耐かな？」

「菓子作りって……大変なんだな」

エギエディルス皇子がため息混じりに呟いた。

莉奈に出会って、厨房に来る様になった。それまで、自分の食事がどうやって作られているのか、まったく知らなかったのだ。

だから、食事を作る事がこんなにも大変だとは、想像もしてこなかった。

「マジで大変だよ。だから、基本的に作りたくないのに……。お兄ちゃん……カカオ見つけて来ると思う？」

見つけた日には地獄をみることになる。この世界にカカオ豆が存在しなければイイのに……と切実に願う莉奈だった。

「シュゼ兄が見つけると決めた以上、是が非でも見つけるだろうよ」

「……あ～そう」

断言したエギエディルス皇子に、莉奈は天を仰ぐ。

他国なら、移動手段が限られているからイイものの。あの方、竜がいるものね？

自家用機を持ってるのと一緒だよ。しかも強いから、魔物なんか出ても関係ないだろうし……。

文字通りに、あっちこっちと飛んで行ける。もう、最悪だよ。


シュゼル殿下が、カカオ豆を見つけません様に……。

莉奈は、この世界にもいるだろう神様に祈るのだった。


「チョコレートってヤツ、そんなに大変なのか？」

マテウス副料理長が訊いてきた。

莉奈とシュゼル皇子の会話を聞いていたらしく、皆もチョコレートとやらに興味津々である。

「ハハハ……。シュゼル殿下がカカオ豆を見つけて来たら、私はリックさん達に作り方説明して、丸投げするからヨロシク」

あんなモノ、手作りしようなんてどうかしているよ。しかも、滑らかに出来る保証なんてないし。苦労した甲斐があるとは思えない。だから、丸投げに限る。

「「「はぁぁぁ〜っ⁉」」」

一同唖然だ。とんだ飛び火であった。自分達は関係ないだろう。

「でも、確実に食べられるよ？」

「「「うっっ！」」」

口に出来ると言われ、皆はグッと押し黙った。

作るのは大変……だが食べたい。心中は複雑な様である。

「さて。今日明日にカカオ豆が見つかる訳もないし、今はキャラメルを作りますか」

心に正直過ぎる皆に苦笑いしつつ、莉奈は改めて気合いを入れ直す。

いつ手に入るかも分からないチョコレートの存在より、今は目の前のキャラメルである。リック料理長とマテウス副料理長は強制参加させるとして、後は繊細な人を数名選んだ。

「キャラメルと一口に言っても、生キャラメルとただのキャラメルがある」

「生？　どういう事？」

「レアって事か？」

「火を通さないのか？」

説明をし始めれば、新たな疑問と興味が皆から湧いて出る。

「火は通すよ。生キャラメルは、口溶けがソフトで柔らかいから生と付いてる。ちなみに、シュゼル殿下が探してしまうかもしれない、カカオ豆から作るチョコレートも、生と普通のチョコレートがある」

「「「へぇ～っ」」」

「要は、柔らかいのを〝生〟って言うのかな？」

で、イイハズ。何が定義なのかなんて考えた事もないから、説明しようがない。違ったとしても、誰も分からない訳だし問題ないでしょ。だって、ここでは私が法律だもん。

「で。私は断然生キャラメル派なので、生キャラメルを作ります」

「「「おぉ～～っ‼」」」

莉奈がそう宣言すれば、生キャラメルがまだ何だか分からないのに、皆が歓声を上げた。

新しいお菓子が食べられれば、何だってイイのかもしれない。

莉奈はいつも通りに、まずは見せながら作り始めた。深さのない大鍋に、シュゼル皇子から貰った砂糖とバターをたっぷりと入れた。

「まずは、浅い大鍋にバターと砂糖を入れて溶かす」

「「「ふんふん」」」

「砂糖を溶かしながら十分くらい煮詰める、そんで人肌に温めた生クリームを一気に投入……で」

「「「で？」」」

「ひたすら混ぜる」

これだけである。莉奈は皆に説明しながら、同じ事をやらせる。

何百と作る訳だから、大人数で作らないと無理だからだ。家で作るのなら、フッ素樹脂加工のフライパンでやれば焦げ付きにくいし、量も少ないしで簡単に出来る。

だけど、この大人数だ。大鍋でグリグリとひたすらかき回すのは、気が遠くなりそうだなと少々気分がブルーになる。

材料がすべて入っている練乳を使えば、一番簡単なんだけどね。

ウワサに聞いた話によると、寸胴に市販の練乳の缶詰をそのまま入れて、数時間コトコトと弱火で煮れば簡単に出来上がるらしい。

一度はやってみたかった作り方だったが、なんだか缶詰が爆発しそうで怖いので莉奈は実践した事がなかった。

「……で？」

「これをクリーム状になるまで、気合いで混ぜる」

「え？　それだけ？」

「それだけ」

「簡単過ぎるな」

作り方を教えたら、リック料理長やマテウス副料理長達が、驚きの声を上げていた。

材料も少ない上に、やる工程も少ないからだ。

「だけど、スゴい時間が掛かるよ。弱火でじっくりクリーム状になるまで、ただただ混ぜる。びしゃびしゃだからと時短で強火にしちゃうと、すぐに焦げ付くし……あまり火を通し過ぎると、ただのキャラメルになるし」

そうなのだ。混ぜるだけの簡単な作業な訳だけど、ずっとグリグリと目を離さずやっているのは苦痛でしかない。

油断するとすぐに焦げ付くので、底をヘラでまんべんなくそぐ感じで混ぜなければいけない。

挙げ句、火を通し過ぎれば、普通のキャラメル。火を通すのが甘いと、ドロドロのキャラメルになる。

スゴく簡単でスゴく面倒くさい作業である。

「……柔らかい食感にはならない……と」

理解が出来たのか、リック料理長がヘラで混ぜながらウムと頷いていた。

一を言えば五は分かる料理人達に、莉奈は感服していた。

一方近くで聞いている侍女達は、分かりませんと頭にお花が見える。考えてもいない様子である。

「じゃ。私は違うフレーバーを作りたいから、後はよろしく」

見学のため……というか、タダの野次馬で近くにいるラナ女官長にヘラを渡した。

他の料理人でもイイけど、夕食作りもあるからね。それに、どうせ出来るまでいるに違いない。

「え？　わ、私がやるの――――っ⁉」

莉奈の唐突な無茶ぶりにラナ女官長、大絶叫である。

新しいお菓子への好奇心でいただけなのに、参加するハメになるとは予想外であった。

「焦げない様に、ヘラで底をまんべんなく混ぜてるだけで出来るよ」

「だ……だけど‼」

「手伝ってくれたら、違うフレーバーのもあげる」

「………や……やるわよ」

違う味も貰えると聞き、ラナ女官長は覚悟を決めた様である。それなら参加せざるを得ないと。

「私は？　私は何をやればイイの⁉」

モニカがピシリと手を挙げ、これでもかって程、激しく主張して見せた。

ラナ女官長だけ、ズルいと表情に出ている。他の侍女達も同じみたいで頷いている。

手伝うから頂戴(ちょうだい)と、目をランランとさせながら無言で訴えていた。

「んじゃ。モニカはこっちのフレーバーを手伝ってもらうとして、後の人達は、あのガラスを片付けなよ。それから、何か手伝ってもらうから……」

「「「分かったわ‼」」」

真珠姫の怒りで飛び散ったガラス片が、まだそのままだしね。片付けるのが先だろう。

莉奈は苦笑いしつつ、残りの侍女達の圧を抑えるのだった。


この世界。甘味といえば、煮た豆に砂糖をまぶす豆菓子。後はアメみたいなモノや、ドライフルーツ等簡単に出来る物しかない。圧倒的に種類がなかった。

その上に、砂糖は服を何着か買うより高い。だから、庶民はおいそれと手を出さない、買わない。

そして、たとえ砂糖が手に入ったとしても、レシピがないお菓子は作れない。万が一失敗すれば、お金をドブに捨てる様なモノである。

となれば、必然的に莉奈に群がるのである。

口にした事のない甘味は食べたい。莉奈が作る物が少量だとしても、運が良ければ、今日みたいに食べられるからだ。

それに、莉奈が作る物はどれもが美味である。とりあえず、集(たか)っておいて損はない……という妙な思考回路になっていた。

だが、食材や砂糖が誰でも安く手に入ったとしても、莉奈に集るのは変わらないだろう。

だって莉奈が作ると、ナゼか特別に美味(おい)しいものになるからだ。

「それは……わざと、焦がしているのかい？」

莉奈が新しくバターに砂糖を溶かしていると、不思議に思ったリック料理長が訊(き)いた。

莉奈が作っているのは、先程のとは色が違ったのだ。先程が黄土色ならソレは焦げ茶色だった。

「だよ？　コッチはほろ苦いビター味にするからね」

これを、ノーマルタイプと軽く混ぜてマーブル状にしても美味しい。勿論(もちろん)そのままのビターでも美味しいけど。

作りながら、混ぜるか混ぜないか悩んでいた。いくらシュゼル皇子が砂糖をくれたとしても、すべてをこれに使う訳にはいかない。

だから限度がある。作るとしてもマーブルは、皆の分までは作れないだろう。とりあえず自分と二人の皇子の分を作ってから、どう分けるか考えよう。

「リナ。ひょっとして……キャラメルって色々な種類があるのか？」

莉奈がそんな事を考えながら下準備をしていると、今まで作ってきた物と莉奈の行動から興味を持ったマテウス副料理長が訊いてきた。

……が、莉奈は面倒くさいな……と聞こえなかった事にした。

「「「リ～ナ～」」」

まぁ。無視したところで、結局は皆に捕まる訳だけど……。

「あるけど……全部はムリだから、とりあえず、すぐ作れるフレーバーは作るよ」

「「「やったぁ‼」」」

喜ぶのはイイけど。皆に四種類全部は無理だと思う。

箝口令でも出して、ここの厨房にいる人限定にすれば、あるいは、だけど。

「やったぁって、全員になんてムリ――」

莉奈がそう言おうとした瞬間。皆の目が、こちらを悲しそうに見てきた。自分はガッツリ貰う気なので、皆はダメだよ？　とは強く言えない。

「わ……わかった。食堂、厨房を、準備中かなんかにして、後から人が来ない様にしちゃいなよ。ノーマルタイプはこれから来る人達の分も含めて全員分作るけど、違う種類のは……」

「「「……のは？」」」

「今、ここにいる人達限定って事で……」

「「「よっしゃあ〜〜っ‼」」」

「「「やったぁ〜〜っ‼」」」

莉奈が妥協案を伝えると、皆が歓喜に湧いた。

皆で嬉しそうに仲良くハイタッチしている。楽しそうで何よりだけど……明日は我が身じゃないのかな？

莉奈は苦笑いしていた。

「あっ。じゃあ、準備中の札出しておくわ‼」

「誰かが開けない様に、掃除でもしながら見張ってる」

「なんだって訊かれたら、お楽しみってボヤかしとく‼」

そうと決まれば、料理人や侍女達は一致団結である。

興味本意で覗きに来る人達や、ちょっと早めの休憩組を追い出す算段を、協力し合い準備していた。

そんな皆の様子を複雑な表情で見ていた、エギエディルス皇子なのであった。

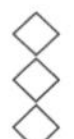

そんな騒ぎの中、生キャラメルは完成した。

後は、油紙を敷いたバットに移して冷やすだけ。一口大に切り分けるには、冷やさないといけない。

冷蔵庫で冷やしてもイイけど、時間が掛かるから魔法で冷やしてもらうとして……まだ、やる事はある。

「え？　せっかく作ったのに混ぜるのかい？」

リック料理長が、少し驚き訊いてきた。

ノーマルタイプを流したバットの上から、莉奈がビタータイプを流し始めたからだ。何故そんな事をするのかと。

「軽くね。こうすると、甘さの中の苦味がアクセントになって美味しい。プリンのカラメルみたいな感じ」

そう言って軽くマーブル状に、フォークでクルリとひと混ぜした。

「あぁ。確かにあれは良いアクセントになっていて美味しいな」

リック料理長は顎をひと撫でして頷いた。

初見で食べられなかった人達も、あれから何度となく機会があって、口に出来ていたのだ。

王宮の砂糖は使えなくても、ここは貴族の御子息様や御令嬢様もいるからね。砂糖持参で頼む人も中にはいる訳。

「えぇ!?　リナ!?」

「なんで塩なんかかけるんだよ⁉」

ラナ女官長とエギエディルス皇子が声を上げた。

今度はバットに流した生キャラメルの一つに、莉奈が塩を振りかけ始めたからである。

甘いお菓子に塩をかける。台無しになるだろうと驚いていたのだ。

「これは塩キャラメル。塩をかけると、甘さが引き立つんだよ」

「マジで？」

「マジでだよ」

不審そうなエギエディルス皇子に莉奈は笑った。

絶対に信じていない顔をしている。甘い物に塩を掛ける発想が、今までなかったのだろう。

「へぇ。今度は塩か。後がけにするのは、アクセントにするためだな？」

リック料理長はすぐに理解が出来たのか、なるほどと大きく頷いていた。

そうなのだ。混ぜてしまうより、より一層甘さが引き立つのだ。

「なら、アイスクリームにも塩をかけたら甘さが引き立つのか？」

甘さが引き立つならと、エギエディルス皇子が疑問を投げ掛けてきた。

「……う〜ん？」

やった事はあるけど、私は美味しいとは感じた事はない。

「モノによるんじゃない？　試してみれば？」

「断る」

そのままでも美味しいアイスクリームで試す気はないのか、エギエディルス皇子はキッパリ断った。

そんな彼に小さく笑いつつ、相変わらず予想もしない質問をしてくる皇子に、莉奈は唸るばかりであった。

塩大福は美味しいと思う。だけど、私は塩アイスクリームは美味しいとは思わない。好みにもよるのだろうけど。


「バットに移した後の残りは、食べていいの？」

料理人リリアンが、莉奈の肩をドドドと高速で連打していた。

リリアン……マジで肩に穴が開くんだけど？

取りきれなかった生キャラメルが、鍋にこびりついて残っているのが気になるのかリリアンが訊いてきたのだ。

彼女だけでなくなんなら皆が、莉奈がどう返してくるか、固唾を飲んで見ている。味見がしたくて仕方がないみたいである。

「この鍋以外は、味見に回していいよ」

莉奈は生キャラメルを作った鍋を二つ確保しておく。ノーマルタイプとビター味のである。これはエギエディルス皇子と自分のお楽しみ用だ。

「よっしゃー!!」

「スプーンを用意しよう」

「って、待てよ！　リリアン指を突っ込もうとするな!!」

「スプーンだ。スプーンを使え!!」

「え〜っ」

「「「え〜じゃない!!」」」

　歓喜に湧いて料理人達が、味見用のスプーンを探していると、早速リリアンが鍋に指を突っ込もうとしたので、皆は必死に止めていた。

　ペロペロ舐めた指を、何度も入れられたら嫌だよね。リリアンは口を尖らせて文句を言っているけど。

「はい。エド味見」

　莉奈は早々と小さいスプーンを棚から出し、出来立てホヤホヤの生キャラメルをスプーンで掬った。

　出来立ての生キャラメルは、ものスゴく柔らかくてクリーミーで美味しいハズ。

「いい……のかよ」

生唾(なまつば)をゴクリと飲みながらも、お伺いを立てるエギエディルス皇子。

わぁわぁと騒ぐ料理人達とは大違いである。

「超美味しいよ？」

莉奈は試しにと、先程混ぜたフォークの方を口に入れた。

口に入れた瞬間、口の中の体温でふわりと広がった生キャラメル。甘さの中に良い苦味が広がる。

堪(たま)らない美味しさである。

普通のキャラメルと違って、すぐに溶ける口どけは生キャラメルならではだ。

「ほら、エ～ド」

口先にチラついたスプーンを見ながら、エギエディルス皇子は困惑していた。

どうやら莉奈の仕草が「はい、あ～ん」とされているみたいで、恥ずかしいようである。

莉奈は弟にあげるノリで無意識だったが、エギエディルス皇子はこそばゆいのか、頬(ほお)が少し赤かった。

「美味しいよ？」と莉奈がもう一度、エギエディルス皇子の口元に差し出せば、仕方ないと諦(あきら)めスプーンにパクついた。

「んーっ!?」

生キャラメルを口に含んだ瞬間、エギエディルス皇子の目が驚きで開いていた。

アイスクリームとは違う、ゆっくりと口に溶ける滑らかな舌触り。そして、口一杯に広がる甘いキャラメルが、初めての感覚で驚いているみたいである。

「どう？　美味しい？」

「すげぇ‼　口を開くと口から美味しさが漏れそうだし‼　なんだよコレ‼」

エギエディルス皇子は生キャラメルの美味しさで恥ずかしさも一気に吹き飛んだのか、瞳をキラッキラッとさせていた。

どうやら気に入ってくれた様である。


「ん〜っ⁉」

「甘〜い〜っ！」

「口から甘さが溢れそう」

「はぁぁ〜っ」

「美味し〜い」

料理人、侍女達は一様に口を押さえ、瞳を爛々とさせ甘美に震えている。

初めての感覚に、女性達はメロメロでふにゃふにゃとしていた。あまりの美味しさに腰が抜けたみたいである。

しばらく、余韻で皆はぽやぽやとしていた……が、リリアンがシュパっと素早く二口目に手を伸ばせば、負けないとばかりに目をギンギンとさせ始めたのは云うまでもなかった。

「ビターもホイ」

莉奈は初めての生キャラメルに、感動しているエギエディルス皇子にビター味も掬って渡した。少しほろ苦いビターの生キャラメル。これまた、お先に口に入れさせて貰ったけど、カラメルに似た苦味が堪らない。

「んん～っ‼　ほろ苦くてうまっ！　これも旨い」

エギエディルス皇子は生キャラメルが、口からとろけ出そうになり慌てて口を押さえていた。人肌で溶ける生キャラメルは、口の中だとすぐ液体になるからね。話をしていたら溢れてしまう。

「生キャラメル美味しいよね～」

莉奈はそう笑いながら、まだまだこびりついている鍋に牛乳を注いでいた。

スプーンで掬うにしても限界がある。ゴムベラでもあれば、もう少しキレイにこそげるだろうけど、家でやってたみたいに牛乳に溶かしてしまえば、無駄がないと考えた。

キャラメル風味のホットミルク。温めた牛乳はキライな弟も、これは好きだったんだよね。

「リナはすぐ……牛乳を入れたがる」

背後からボソリと声が聞こえた。

莉奈は眉をひそめ背後を見たが、誰だか分からなかった。だが、声には聞き覚えがある。絶対に侍女のモニカに違いない。

牛乳ギライな彼女は、牛乳が出るたびに何かしら文句を言っている。

「リナ。牛乳を入れてどうするんだ？」

モニカを睨んでいたら、何も知らないエギエディルス皇子が興味深そうに鍋を覗いていた。

「キャラメル風味のホットミルクが出来るよ。エドはホットミルク平気？」

モニカはともかくとして、エドはどうかな？　と訊いてみた。

「膜が好きじゃない」

と口を尖らせた。〝膜〟とは温めた牛乳の表面が空気に触れて張る、あのタンパク質の膜の事だろう。


アハハ……弟と同じ事を言ってるよ。

何その表情。可愛過ぎるんだけど。

莉奈はそんな仕草を見せた皇子に、一人萌え萌えしていた。

「確かに膜は、なんか気持ち悪いよね」

同じ現象を利用して作る〝湯葉〟はいいのに、なんで牛乳の膜はあんなに気持ちが悪いんだろう。

栄養分はあるから食べろって言われても、ノーサンキューだ。

ちなみにあの膜が出来る現象。〝ラムスデン現象〟とかカッコいいネーミングがされている。気持ち悪いのに……。

「私もアレ大っ嫌い」

エギエディルス皇子に訊いたつもりなのに、モニカが呟いていた。やっぱりさっきの呟きは、モニカに違いないと確信する。

バッと振り向けば、モニカがそっぽを向いた。やはり彼女である。

「試しに少し飲んでみて。大丈夫ならマグカップに注いであげる」

とりあえず、興味がありそうだから味見から始めればイイ。

鍋に残った生キャラメルを、牛乳で溶かしながら温めるとすぐに出来上がりだ。

莉奈は味見用にと、小さいカップに注いで渡してあげる。自分の分はガッツリ、マグカップに注ぐ。

「アッツ……ん。甘くてうっまっ！　ホットミルクは好きじゃないけど、俺コレ好き」

温かいミルクセーキみたいなモノ。エギエディルス皇子は甘いホットミルクは大丈夫の様だった。

「「「……」」」

スプーンで味見した組の、妬ましい様な熱視線が刺さる。

スプーンで、なんなら最後はリリアン辺りが指でキレイに掬い取った鍋は、ピカピカで何も残ってはいなかった。

莉奈は、そんな視線をガン無視していた。だって、ピカピカになるまで食べるからいけないのだ。

魔法で冷やした生キャラメルは、1センチメートルくらいの正方形に切り分けて、油紙で一個ずつ包んだ。

ここにいた侍女達を総動員で……といっても五人くらいだが。

「少ない……」

小さくカットされた生キャラメルを見て、モニカ達が悲しそうな顔をしていた。作った生キャラメルを、ノーマル、ビター、マーブル、塩と四種類、貰えるだけラッキーだと思う。

皆が締め出したから、後から来る人達はこの小さいのを一個だけだ。

「んじゃ。シュゼル殿下に渡しに行きますか」

莉奈は気合いを入れて厨房を後にした。

もちろん、白竜宮の人達にもあげる。

莉奈の新しい魔法鞄には、今大量の生キャラメルが入っている。恨めしそうに見るモニカやリリアンに、背後から襲われない様に注意しなければ。

だって狩人みたいな目を向けているからね。

「リナ――っ‼」

軍部の白竜宮に着くと、背後から嬉しそうな声と、走り寄る音が聞こえた。

近衛師団兵のアメリアは、飛び付く様に莉奈に抱きついてから、エギエディルス皇子に気付き、慌てて深々と頭を下げた。なんだか、ものスゴく興奮している。

「どうしたの？　アメリア」

「私にも番が……番がついに出来たんだよ‼」

「本当に⁉」

「本当だよ！　本当‼」

彼女は嬉しそうにそう言って、瞳いっぱいに涙を浮かべていた。

「おめでとう！　アメリア‼」

莉奈は心から、お祝いの言葉を掛けた。

彼女がずっと持ちたかった竜なのだ。その念願だった竜、番を迎えられたのだ。こんな嬉しい事はない。

これで彼女も晴れて竜騎士団の一員である。

「ありがとう！　ありがとう、リナ‼」

アメリアは再び莉奈を抱き締め、嬉しさに震え泣いていた。

嬉しくて嬉しくて仕方がなかった様である。

「何色の竜なの？」

「黄色だよ。黄色‼　今思えば、あの子はずっと私を見ていたんだよ‼　チラチラ良く目が合っていた気がするし。近くに寄っても怒らなかったし……あぁ……本っっっ当にリナのおかげだよぉぉ」

その時の歓喜が甦(よみがえ)ったのか、アメリアはさらに強く莉奈を抱き締めるとワンワンと泣いていた。

莉奈は、苦しいなと思いつつも優しく背中を叩(たた)いてあげていた。竜の歓喜の唄(うた)を、聞きそびれたなと内心ガッカリしたのは内緒である。

「今はちょっと宿舎にはいないけど、絶対に紹介するから‼」

「うん」

「部屋はリナの竜とは違う宿舎で、今、部屋を頑張って飾ってるんだ」

今、メスの竜は絶賛リノベーションブームだ。オスなら飾ったりしないだろう。

「というと女の子？」

「そうなんだ。スゴく可愛いんだよ。リナが言ってた鱗(うろこ)がジョリジョリって良く分かった‼」

アメリアは興奮した様に、次々と色んな事を話してくれた。どうやって番になったのか、念話(テレパシー)を初めて聞いたとか、話をしたくて仕方がないみたいである。

そんな、子供の様に喜んでいるアメリアに、莉奈が苦笑いしていると、ふと視界の端に小さな皇子が入った。

なんだか、下を向いてショボくれている。また先を越されたので、ショックを受けている様子である。

「それで、それで‼」

まだまだ、話したい事がたくさんあるアメリアには、そんな皇子の姿は視界にまったく入っていなかった。興奮冷めやらんとばかりに、莉奈にもっと聞いてくれと畳み掛けてくる。

しかし、アメリアには悪いけど、これ以上は今はムリだと莉奈は判断した。

「ごめん、アメリア。話なら後で聞くよ。シュゼル殿下に用があるし」

シュゼル皇子を理由に話を切り上げた莉奈。ポンポンとアメリアの腕を叩いて宥めた。

これ以上、アメリアの番の話をここでしていたら、エギエディルス皇子が泣きそうな気がする。

「……良かったな」

それでも一生懸命ポソリと、アメリアに祝いの言葉を掛ける皇子。

その健気な姿が可哀想過ぎて、莉奈は胸が痛くなってきた。アメリアには悪いけど、早急にこの場を去らなければ、彼はますますイジけてしまいそうだ。

一瞬、え？　という顔をしたアメリアだったが、莉奈がチラリと視線を動かしたので、やっとエギエディルス皇子の様子に気付いた。

「え。あっ、うん‼　また後で‼」

まだ番を持てていない彼の前で、アメリアは無神経にはしゃいでしまった。自分本意の行動だったと、慌てていた。

だがここで、大袈裟に謝罪する方が無礼にあたると感じ、「失礼しました」と軽く頭を下げ、彼女は逃げる様に走り去ったのであった。

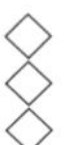

「エド。エドも絶対に番が見つかるから」

落ち込み始めたエギエディルス皇子を、莉奈は慰める様にそっと肩に手を置こうとすれば、パシリと叩かれてしまった。

「同情はいらねぇよ」

「同情じゃないよ」

最近気付いた事が一つある。エギエディルス皇子が来ると、竜達はチラリと見て、なんだか嬉しそうに目を細めている気がするのだ。

だから……エギエディルス皇子は、竜には絶対に好かれている。後はキッカケだけの様な気がしてならなかった。

白竜宮の広場に到着すると、弟がここに来た事に気付いたシュゼル皇子が、歩いてこちらに来た。

「エギエディルス。心配で見に来てくれたのですか？」

「番がいるヤツの、心配なんかしない」

今日明日にでも、魔竜討伐に向かわなければいけなくなった自分を、心配で来てくれたのではと思っていたのだ。

だが、エギエディルス皇子はふて腐れる様に、プイッとそっぽを向いた。

あちゃ～、これ……完全に拗ねている感じだ。

「あ～、えっと。アメリアに先を越されたので……その」

シュゼル皇子が自分に答えを求めたので、おそらくそうではないのかな？　莉奈は答えた。

「エディ。そんなに焦って番を見つける必要は――」

「慰めかよ」

いよいよ、むくれてしまった。

同情されたと感じた様だ。こうなると番を持つ莉奈やシュゼル皇子がどうこう言ったところで、ひねくれまくるに違いない。

「エディ」

兄のシュゼル皇子は、どうしたものかな……と小首を傾げていた。シュゼル皇子的には、焦って番を見つけなくてもいいと心から思っていた。なんなら、番など持たなくても構わないのだ。

だが、自分が持っていて、必要ないですよ？　とは決して言えない。

うーんと悩んでいると、廊下の空気が一気にピリピリとしたモノに変わった。

「暇そうだな？　シュゼル」

監視に来たのか、たまたま用があったのかは知らないが、国王陛下のお出ましだった。だから、空気が凍り付いたモノに変わったのだろう。

「明朝には向かいますよ」

別に遊んでいる訳ではない。すぐ向かえと言われたものの、緊急性はない。真珠姫の翼を休ませる時間は必要だと、手入れをしてあげたりしていたのだ。

「お前もシュゼルなんかに構っていると、碌な目に遭わねぇぞ？」

フェリクス王はそう言って、傍にいた莉奈の頭をクシャクシャと撫でた。

「時すでに遅しです」

いつもより優しく頭を撫で回す、フェリクス王の大きな手に莉奈はドキドキしていた。

犬がなんで頭を撫でられて喜ぶのかが、良く分かる。なんだか知らないが、心地好くて堪らない。

嬉しそうな表情こそ顔には出さないが、今莉奈が犬だったのなら、絶対にシッポを振っていたに違いない。

「……で？　お前は何を拗ねているんだ？」

そんな莉奈を見て小さく笑った後、次に弟の頭をグリグリと捏ねくり回したフェリクス王。

「……」

ものスゴく不機嫌なのか、三人に同情されてさらに不機嫌になったのか、頭に触れるフェリクス王の手を、ペシリと払った。

あまりない末弟のその行動に、王は怒るどころかくつくつと笑っていた。分かりやすいくらいに、拗ねている弟が可愛くて仕方がないのかもしれない。

「ゲオルグ！」

フェリクス王は、ふて腐れて何処かに行こうとする弟の頭を掴み、近衛師団長のゲオルグの名を呼んだ。

「はっ‼」

何処にいたのか知らないが、素早くゲオルグ師団長が現れた。

「明朝まで、城を空ける。シュゼルがいるから問題はねぇだろうが、魔竜も現れている。警戒しとけ」

「御意に。して、どちらに？」

「竜穴に入らずんば竜子を得ず。コイツの番を探して来る」

フェリクス王は面白そうにそう言うと、エギエディルス皇子はギョッとして何か言い始めた。だが、そんな騒ぐ弟をいとも簡単に、王は脇に抱えてしまった。

それでも尚、バタバタと抵抗する弟をガッチリとホールドし、俵みたいに脇に抱えたまま、竜の広場に向かっていた。

暴れる弟とは対照的に、フェリクス王は実に愉快そうな表情をしている。


どういうこと？

【虎穴に入らずんば虎子を得ず】って事？

えぇっ？　文字通り竜の棲んでいる所に行くって事⁉

「お気を付けて」なんて、シュゼル皇子とゲオルグ師団長が頭を下げて見送っているけど……えぇエエ————っ⁉？


莉奈が驚いていると、フェリクス王は自分の番を呼んで、鞍も着けずに裸の王竜に飛び乗っていた。エギエディルス皇子は、ここからは良く見えないけど、何かすでにグッタリしている。諦めの境地なのかもしれない。

「りゅ……竜の棲んでいる所に行くんですか⁉」

「一番てっとり早いですからね」

シュゼル皇子は弟の事など心配していないのか、相変わらずほのほのとしていた。

てっとり早いって……竜の棲んでいる〝ネグラ〟って、人が立ち入れない場所、険しい崖にあるんじゃなかった？

フェリクス王が付いてはいるけど、エギエディルス皇子は大丈夫なのだろうか。

〝可愛い子には旅をさせよ〟って事？

どちらかと言うと……〝獅子の子落とし〟じゃないのかな？

フェリクス王に子供が生まれたら……アメに対してのムチがスゴそうだな……と、莉奈は一人でゾッとしていたのであった。

「大丈夫……なん……でしょうけど」

莉奈が呆気にとられている間にも、フェリクス王は弟を連れて、大空に溶けて行ってしまった。

鞍も何も着けずに竜に乗れるのもスゴいけど、さらにエギエディルス皇子を乗せて……何からツッコんだらイイのかが分からない。

「エドは何故、番を持てないんですかね？」

莉奈は疑問をシュゼル皇子にぶつけてみた。

気のせいでなければ、エギエディルス皇子は竜に好かれている。なら、後は何が足りないのだろう。

「あなたに子供がいたとして、我が子に危険な事をさせたいですか？」

莉奈の質問に質問で返してきたシュゼル皇子。

だが、それで少し答えが分かった気がした。

「……好かれ過ぎているんですね」

王竜の後に付いて行く様に、近くにいた竜も何頭か付いて行った。それを見て莉奈は確信した。

あれは、王竜に従って付いて行ったのではなく、彼のことが心配で付いて行ったのだと。

彼は嫌われていると勘違いしている様だったが、実は真逆。竜に好かれに好かれてしまっていて、
危険な事に首をツッコませないために、竜達は乗せないと決めているのではないのだろうか。

確かに自分も可愛い弟に、竜に乗って戦地みたいな所に行っては欲しくない。

「エディは、それこそ赤子の頃から父や兄に連れられ、ココに来ていますからね。竜達にとっても
我が子同然。大切な存在なのですよ」

シュゼル皇子は、優しく微笑んでいた。

実際、竜の子だったら多少厳しくしても何でもない事が、人であるエギエディルス皇子には大事
である。

竜は竜なりに、彼を慈しみ大切に想っての決断らしかった。

「お父……皇帝陛下もエドを大切に？」

莉奈は少し緊張しながらも、先代の話題に触れてみた。

父や兄と言った。兄のフェリクス王は、エギエディルス皇子を大事にしているのは知っている。

でも父は知らない。

ここに連れて来るのなら、良好な関係な気がする。嫌いな我が子を連れては来ないだろう。

ラナ女官長に一度だけ、訊(き)いた事はあったけど、詳しくは教えてくれなかった。

ラナ自身が詳しく知らないのか、御法度の話なので言えないのかは分からない。禁忌だとしたら詳しく聞くのは、さすがの莉奈でも憚(はばか)られたのだ。

だけど、気にならない訳ではない。

「ええ。エギエディルス〝だけ〟。……ね？」

シュゼル皇子は意味ありげに、鼻先に人指し指をあてフフッと微笑んでいた。


〝だけ〟。


実に意味深だ。そのままの意味なのか、他に意味があるのか……。その言葉のままだとしたら、フェリクス王、シュゼル皇子は父の皇帝に嫌われていた事になる。

何故、嫌われていたのか。自分より優れていたから？　粛清を求められていたから？　理由は分からない。だが、それ以上は踏み込めない。訊いてイイ話なのかも分からないのだ。

「あの人は……エギエディルスを、次期皇帝に据える予定でした」

「え……？　エドを？」

「それに激昂した兄上が、父の皇帝を暗殺した……という噂もあるそうですよ？」

莉奈が黙り込んでいると、シュゼル皇子は小さく、そして面白そうに呟いた。莉奈だけに聞こえる大きさで、独り言でも言うかの様に話してくれたのである。

表情こそニコリと微笑んでいるが、その声はなんの感情も含んではいなかった。

ラナは前皇帝の悪政を、フェリクス王が嫌っていた様な話をしていた。でも実際、皇帝が病気で崩御されたのか暗殺されたのかも定かではない。

「噂は信じませんよ」

莉奈はため息を一つ吐くと、強くハッキリと言った。

人の耳を介せば、その耳を介した人達の感情や思いがそこに入って回る。過少も過大も付いてくる。もちろん、存在しない事実さえも。

「何故ですか？」

「だって、噂が真実だというなら、私も聖女でなければなりません」

「……」

「噂は所詮、噂。私は自分で見聞きしたモノしか信じません」

文献に記述されていたモノ、あれも過去の人間の一種の噂みたいなモノだ。あれが真実だったのなら、莉奈が【聖女】であるか、莉奈以外の誰かが召喚されていたに違いない。

噂なんて所詮噂でしかない。自分の見聞きした事を信じるべきだと思う。当事者でもない無責任な人間の噂なんて、ＳＮＳの様なネットで踊らされるのと同じだ。

確証や根拠のない噂話で、人が傷つく事もあるからね。現に確証もない文献で私は喚ばれ、それなりに傷ついた訳だし……。

莉奈がそう言うと、シュゼル皇子は満足そうに微笑んだ。莉奈の言葉は、シュゼル皇子のお気に召す様な答えだったらしい。

――――怖い。

莉奈は身体がビクリと硬直した。その微笑みにビクリとしたのではない。シュゼル皇子が莉奈の頭を、優しく優しく撫でていたからである。

――怖過ぎる。

大変良く出来ました。

……って事なのかもしれない。――――が、裏を返せば、もし答えが間違いだった時どうなっていたのか。それを考えると恐ろしくて怖い。

莉奈は撫でられながら、頬がヒクヒクとひきつるのであった。

「ところで、何故ここに？」

莉奈が頭を撫でられて怖がっているのを知っていたかはさておき、撫でる手を止めシュゼル皇子が尋ねた。

最終的に、アメリアの件で弟がふて腐れ、兄に連れて行かれたのだが……自分に会いに来た訳でも、竜を見に来た訳でもなさそうだったからだ。

「あ～え～と」

頭を撫(な)でられた恐怖で、すっかり目的を忘れてしまっていた莉奈。慌てた様にガサゴソと魔法鞄(マジックバッグ)を漁(あさ)った。

「生キャラメルを作って――――」

「ありがとうございます‼」

シュゼル皇子はグイグイと、ものスゴい食い気味に笑顔で答えた。相変わらず最後まで、話をさせてくれない。

「なんだか、可愛(かわい)らしいですね」

四つのビンの中には、キャンディ包みをした生キャラメルが、十個ずつ入っている。

ノーマル、ビター、マーブル……そして塩である。チョコレートがあればチョコレート味も出来るのだが、ヤヤコシイ事になりかねないので口をつぐむ。

「生キャラメルは溶けやすいので、油紙で包んであります」

「ノーマル……ビター……色々な種類があるのですね？」

ビンの側面に紙を貼り付けておいたから、それに気付いて見た様だ。種類別に書いておいたからね。

「そうなんですよ。あっ！　ゲオルグさんもどうぞ」

廊下の隅で待機していた、近衛師団長のゲオルグを呼んだ。

このまま他にも色々と種類があるのかと聞かれたりしたら、余計な事がポロリと口から滑りそうだったからだ。

チョコレート、抹茶、ヨーグルト……生キャラメルの種類は実に豊富にある。好みでいうなら、ノーマルか抹茶だけど。

チョコレートの原料のカカオでもあの騒ぎなのに、抹茶とか言ったら地獄を見そうだ。

でも……緑茶は飲みたいので、そのうちワザと口を滑らせようと莉奈はほくそ笑む。

だって、この世界に紅茶はあるのだから、同じ茶葉から作る緑茶も烏龍茶もあると思う。この国にはなさそうだけど、どこかの国にはあるのかもしれない。製造方法は知っているから、教えれば作って貰う事も出来るだろう。

……だが先にお手本を見せるのが面倒くさい。発酵やら手揉みやら乾燥やら、やる事が山程あるからね。

「私の分もあるのか‼　よし、ポーションをあげよう」

「なんでだよ」

そんな事を考えていたら、ゲオルグ師団長が莉奈の手にポーションを乗せた。

どうやら、生キャラメルの代わりという事らしい。何故この人はポーションをあげたがるのだろう。貰って損はないからいいけど……。

「んん〜‼」

ではさっそくと、生キャラメルを口に放り込んだシュゼル皇子が、口を押さえた。

口に入れると、口の中の体温ですぐに溶け出す生キャラメルに驚き、つい溢れないかと口を咄嗟に押さえた様だ。

「で……殿下⁉」

莉奈が毒を入れた訳ではないのは百も承知だが、シュゼル皇子が慌てて口を押さえたので、ゲオルグ師団長は驚いて声を上げてしまった。

「な……なんですか。コレ‼」

それが、生キャラメルですよ？　と莉奈は笑う。

「口に入れた途端に美味しさが広がって……アイスクリームとは違うこの不思議な口溶け……はぁあ」

シュゼル皇子は、ものスゴく気に入ったのか、ほぉと惚け、瞳をキラキラとさせていた。

そこまで喜んでくれたのなら、作った甲斐もあるというもの、だからついつい口がするりと滑らかに動いてしまった。

「ですよね〜。コレ、クリーム状にしてア……」

アイスクリームにかけると……と言いかけてグッと口を閉じた。

口は滑らすまいと、つい先程誓ったハズなのに、何故かまた口を滑らせてしまった。

仕方がないよね？　気付いたら口が動いていたのだから。

「ア？」

なんですか？　と、キラキラして惚けていたシュゼル皇子が、聞き逃す訳がなく莉奈をロックオン。莉奈は空笑いが漏れ、脂汗が流れていた。

そして、動揺しまくった莉奈は、さらに余計な言葉が口から漏れた。

「ア、アナコンダに付けて食べると美味しい？」

「「「…………へ？」」」

たまたま通りかかった近衛師団兵も、思わずその足を止めて莉奈を見た。莉奈は今、何か変な事を言わなかったか……と。

「「……は？」」

シュゼル皇子、ゲオルグ師団長も目が点である。聞き間違いかと、互いをチラリと見ていた。

そして通りかかったすべての人達と、シュゼル皇子、ゲオルグ師団長が再び、莉奈を見て口を揃えこう言った。

「「「「アナ……コンダ？」」」」

「……」

莉奈、無言である。


アハハ……〝アナコンダ〟。

ナゼ、よりにもよって〝アナコンダ〟をチョイスしたかな私？

生キャラメルをアナコンダにかけるって、何なんだよ‼


「……ぷっ」

そんな妙な沈黙は、シュゼル皇子が吹き出した事で破れた。

「リナ？」

それで思考が戻ったゲオルグ師団長が、どういう事なのだと莉奈に問う。

問われたところで、答えなどないのだから……皆さん見ないでくれるかな？

「それ……」

「「「それ……？」」」

「アナコンダに付けて食べてね――――っ‼」

もうどうにもならないと諦めた莉奈は、そう叫んで脱兎の如く走り出していた。

こういう時は逃げるに限る。最悪だよ。最悪‼

アナコンダに生キャラメルを付けて食べるなんて事、あって堪るか――――っ‼

穴があったら入りた――い‼

「「どういう事なんだよ、リナ―――っ⁉」」

近衛師団兵の皆の、驚く様な声が背中に響く。

「プッ……アナコンダに……生キャラメル」

シュゼル皇子は言い逃げした莉奈を見て、堪らずお腹を抱え笑っていた。

莉奈が、何を言いかけていたのかは分からない。だが、そんな事より言い訳が面白過ぎる。巨大な蛇に、生キャラメルをかけて食べるとは、予想もつかない答えだった。

「アナコンダに……」

近衛師団兵達は、生キャラメルが分からない。……が、巨大な蛇、アナコンダに、何かソース的なモノをかけるのかと想像する。

「ど……どういう意味なんだ？」

「蛇にソースって事？」

「え？　リナは蛇を食うのか⁉」

「そもそも、生キャラメルって何？」

「「っていうか、アナコンダって食えるのかよ⁉」」

近衛師団兵達はざわめきを隠せず、ボソボソと口を開いた。そして、一様に顔を見合わせ眉を思いっきり寄せた。

そして、皆は思った。莉奈は竜達の言う通り、何でも食らう人間なのかもしれない……と。

第2章　久し振りの、イイ痺(しび)れってナニ？

「わっ。リナ？」

あまりの恥ずかしさに走りまくっていた莉奈(りな)は、曲がり角で人にぶつかりそうになっていた。

「あっ！　タールさん。すみません」

それは、魔法省長官のタールだった。彼も近衛師団に所属しているから、いてもオカシクはないのだろうけれど、ここで会うのは珍しい。

「すみませんはいいですけど……慌ててどうかしました？」

いや〜。アナコンダなんて口走って？　とは言えない莉奈は、笑って誤魔化(ごまか)すしかない。

「まぁ。色々と……あっ！　それより、生キャラメルを作ったんですよ。どうぞ‼」

莉奈は魔法鞄(マジックバッグ)から、生キャラメルのビンを四個出した。

魔法省の黒狼宮(こくろうきゅう)にも誰かが運ぶとは思うけど、あんな小さいのを一個ではなくて、お世話になっている人にはたくさんあげたい。

「生キャラメル？」

「バターと砂糖などで作った、甘味です」

「ありがとうございます。ビター、マーブル……ほぅ。色々とあるのですね。リナの作る物は何でも美味しくて……また、是非作りに来て下さいね？」

魔法省長官タールは優しく微笑むと、それを自分の魔法鞄にしまった。後でゆっくりと味わわせて頂きますと、微笑んだタールさんはいつも優しいなと、莉奈は心がほっこりしていた。

「あっ！　そうそう。えっと……例のアナ……じゃなかった。キャリーの心臓の干し肉？　も出来たのでどうぞ」

頭がアナコンダの事で一杯だったから、危うくアナコンダとか言っちゃうところだったよ。

「ありがとうございます‼」

キャリーで莉奈が何を言ったのか分かったのか、途端に目を輝かせたタール長官。

食い付き方が、さっきの生キャラメルと全然違う。普通、逆じゃないのかな？

「これを炙れば……」

縦長のビンに入った、キャリオン・クローラーの干し肉を見るタール長官の目がキラキラとしている。

この人……感性が皆とは少し違う気がする。

「そう言うと思って、炙ってあるのもありますよ」

莉奈はもう一つビンを取り出した。

炙りたてホヤホヤのキャリーのお肉である。乾燥すると黒っぽいんだけど、火で軽く炙ると元の青紫色に変わる。キモイ干し肉だった。

「はぁぁ～。すぐ食べられる様にと……お気遣いありがとうございます」

タール長官は満面の笑みを見せた。

ちなみに炙ると、肉に近いイイ匂いがするから不思議だ。

「では、失礼して。さっそく一つ」

タール長官は何の躊躇いもなく、小さめのキャリオン・クローラーの干し肉をビンから取り出し口にした。

「えぇっ⁉」

そんな真っ先に口にするとは思わなかったから、莉奈は絶句である。

何故、生キャラメルは〝後で〟なのに、キャリオン・クローラーの肉は〝今〟なの⁉

自分を信用してくれるのはありがたいが……そんな貰ってすぐとは予想外であった。


――もぐもぐモグモグ。

「ど……どうなんですか？」

タール長官が無言のまま食べているので、莉奈は不安しかない。

美味そう……とは思えないけど、不味かったらすぐに吐き出しそうなものである。

「スパイスの味以外は……特……に……っ‼」

味の感想を話していたタール長官は、身体（からだ）をビクッとさせた後、急に硬直した。やはり毒があるのかもしれない。

「え⁉　タ、タールさん⁉」

莉奈は慌ててタール長官の身体に触れた。

鑑定ではピリピリすると表記されていたが、死に至るとは書いていなかったハズ。だが、タール長官はピクピクしたまま動かないのだ。

「きひゃっ‼　さ……触らないで‼」

「え⁉　あ、はい？　大丈夫なんですか？」

莉奈が、軽く肩に触れた途端に、変な声を上げて悶（もだ）えた。動くたびに変な奇声を上げそうになっている。

「……」

莉奈はドン引きであった。

死んでしまう感じではない様だけど……身体には良くなさそうである。動くのも辛そうだ。

「ひっ……はぁっ」

変な声を出してヒクヒクしている。

莉奈がどうしたものか悩んでいると、タール長官は魔法鞄（マジックバッグ）から何かを取りだし、ゴクゴクと一気に飲み干した。

「ぷはっ。痺れで死ぬかと思いましたよ」

どうやら、キャリオン・クローラーから精製した解毒薬の様である。

「……そう……ですか」

何してるのかな？　この人。

貴重な解毒薬を、試食のために一本空けたからだ。この人、こんな人だったかなと、莉奈は眉をひそめていた。

「味はスパイスがほとんどでしたけど、いやぁ……久し振りにイイ痺れでした」

「ソウデスカ」

実に爽（さわ）やかに言うタール長官に、莉奈は無表情に答えた。

毒の芋虫を食べて〝イイ痺れ〟でしたってナニ？　痺れに良いも悪いもないと思うのだけど。だって、痺れは痺れじゃないのかな。

莉奈が少しばかりドン引きしていると、

「ヴィル」

ゲオルグ師団長がやって来て、タール長官に声を掛けた。

隣にはシュゼル皇子がいる。タール長官と話し込んでいたせいで、追い付かれてしまった。

「シュゼル殿下……と」

タール長官はシュゼル皇子に深々と礼をした後、ゲオルグ師団長を見てナニやら舌打ち混じりに呟(つぶや)いていた。

「……え」

莉奈は、目を見張り耳を疑った。たまたま隣にいたので聞こえてしまったのだ。気のせいであって欲しいと願う。

だってタールさん……ゲオルグさんを見た途端に、ものスゴく嫌そうな声でこう言っていたのだ。

〝筋肉ダンゴ〟と。

見た目が爽やかなタール長官からは、想像もつかない悪態だ。そういう事を、絶対に言わないタイプの人間に見える。

莉奈は気のせいだろう……と、思う事にした。

「何か用でも？」

タール長官の声がワントーン下がった。

いつも優しく微笑むタール長官からは、想像出来ないくらいの冷たい表情と声。ゲオルグ師団長を見た途端、という事はゲオルグ師団長を嫌っているという事なのだろうか？

だけど、職務上私情を挟むタイプではないハズ。理由は分からないが、それを抑えられないくらいに嫌っている雰囲気だ。

「イイ加減、その態度を止めてくれないか？」

ゲオルグが降参とばかりに、両手を上げた。

「魔竜退治など、この男にやらせれば良いのですよ。シュゼル殿下」

タール長官はさらに冷ややかに言った。

この二人に何があったのか知らないが、この態度と口調。間違いではなく、嫌っているらしい。

しかもタール長官の方が一方的に。

「通例ならそうですが、陛下の御指名があったのは私ですからね。残念ながら譲れません」

シュゼル皇子は、ほのほのと微笑んだ。

確かに他の国なら一国の宰相が、自ら危険な魔物討伐に行くのは絶対にあってはならない。だが、陛下から直接命令を下された。

王命を反故にし、他人に任せたとなれば、陛下が黙っている訳がない。

「何のための筋肉だか……」

それを聞いたタール長官は、小さく小さく呟いた。

聞こえてしまった莉奈は、苦笑するしかなかった。魔物退治のためだけに、鍛えている訳でもないだろうしね。

何を思い付いたのか、莉奈をチラリと見た後、タール長官はにこやかに笑った。

「あぁ。そうだ、ゲオルグ。リナが美味しい干し肉を作ったので、少し味見してみませんか？」

うっわ。今の黙っとけよ？　って合図だよね？

タールさん……。あのキャリーの毒肉。ゲオルグさんに食べさせるつもりですね？

莉奈は頬がほお、ピクピクとひきつり始めていた。

「お前が私に笑顔を向けるなんて、裏しかない気がするのだが？」

ゲオルグ師団長はタール長官の企たくらみを読んでいるみたいだ。

普段から自分に笑顔を向けている人ならともかく、自分を嫌っている人が急に笑顔を向けたら、普通何かあると思うだろう。

「作ったのが私なら警戒しかないでしょうけど、リナですよ？　はぁ。信じられないのならイイですよ。肉が好きだからと、なけなしの好意で勧めたのに……」

タール長官はこれみよがしにため息を漏らして見せた。

本心から残念だとは思っていないハズなのに、知らない人が見たら、本当にガッカリした様子に見えた。

「肉か……」

何も知らないゲオルグ師団長は、生唾なまつばをゴクリ。

莉奈は何かを知っているから、固唾かたずをゴクリ。

タールさん……。怖い。

「見てすぐ分かってはつまらないので、目を瞑つぶって食べて当てて頂きましょうか？　ね？　リナ」

「え？　あ、はい？」

ちょっと～っ‼　こっちに話を振るの、ヤメてもらってイイですかね？

共犯者になっちゃうでしょう⁉　巻き込まないで下さい‼

「目を……お前、やはり何か企んで――」

「私も今しがた食べましたが、大変スパイスが効いて〝痺れる様な〟美味しさでしたよ？　ね、リナ？」

ゲオルグ師団長の話を遮り、タール長官はにこやかに微笑んだ。賛同しろと目が言っている。

「まぁ……痺れる様な……確かに？」

アハハ……ガチでだけど？

「ヴィルは本当に食ったのか？」

「ほんの十分前に食べましたよ？」

不審過ぎて眉を寄せたゲオルグ師団長に、莉奈はアハハと笑った。嘘はついていない。食べたのは本当だし、痺れたのも本当である。

「ゲオルグ。試しに食べてみたらどうですか？」

爽やかなシュゼル皇子の笑顔が一つ。

あ～あ。無責任過ぎるシュゼル皇子の後押しまでもが付いてしまったよ。

こういうところ、やっぱりフェリクス王の弟だ。自分に無関係で面白そうだから、後押ししたに違いない。

「殿下がそうおっしゃるのなら……」

　シュゼル皇子にもそう言われ、ゲオルグ師団長は食べてみるかと腹を括った様だ。

　皇子にまで言われたら、拒否なんて出来ないだろう。ゲオルグ師団長は何も知らないだけに憐れである。

「で……では、口に入れますね」

　タール長官に例の干し肉を手渡され、もはやノーとは言えない莉奈は背伸びをし、目を瞑ったゲオルグ師団長の口にポイッと入れた。

　干し肉を見たシュゼル皇子は、一瞬驚いた表情を見せたが、横を向いて肩を震わせていた。

　あれは、絶っ対に笑っているに違いない。

　青紫色の干し肉を見て、あの例の肉だと気付いた様である。

「ん？　確かにスパイスが強め――で⁉」

　咀嚼をして味を確かめていたゲオルグ師団長は、ある瞬間に身体をビクリと硬直させた。

　先程のタール長官とまさに同じ状態である。

「痺れる様な美味しさでしょう？」

　くつくつと笑うタール長官。もはや悪魔と化した彼は、痺れるゲオルグ師団長にゆっくりゆっくりと歩み寄る。

「お……前……」

ピクピクと痺れて逃げられないゲオルグ師団長に、悪魔の様な微笑みを浮かべたタール長官が、肩をツンと軽く突っついた。

「あんぎゃ〜ぁ‼　触るな！　あぎゃぉ‼」

痺れに痺れたゲオルグ師団長が、ヒイヒイ叫び声を上げて悶えていた。

だが、日頃の恨みとばかりにタール長官は、ツンツン指先で突っつく。

「ふぎゃ————っ‼　やめ……あぎゃ〜っ‼」

容赦ないタール長官の攻める指先に翻弄されまくり、ゲオルグ師団長は巨体をヒクヒクとさせていた。

「フフフ……」

逆にタール長官は、実に満足そうに突っついていた。

その手を緩める気など……ある訳がない。痺れて逃げる事も出来ないゲオルグ師団長を、悪魔の様な笑みを浮かべて再び突っつく。

「の、のわぁ〜っ‼　ぐっ‼」

数歩離れたところにいるシュゼル皇子も、その奇妙なやり取りを楽しそうに見ていた。

解毒薬を持っていない莉奈は、憐れむしかなかった。

「やめろ————‼」

その効果が消えるまで、ゲオルグ師団長の悲しい悲鳴が、しばらく白竜宮に響いたのはいうまでもないのだった。

【キャリオン・クローラーの干し肉】
キャリオン・クローラーの心臓を乾燥させて作られた物。
〈用途〉
耐毒性のない生き物に食べさせると十分~三十分麻痺(まひ)させられる。
〈その他〉
噛(か)み締(し)めると、牛に似た味がする。

【麻痺】
長時間、正座した様な強い痺れが全身を襲う。

「長時間、正座をした……」

はぁ～。最悪である。しかも〝強い〟と強調してあるし。

次の日の朝。あの干した肉が気になり【鑑定】し【麻痺】を検索したら、こう表記されたのだ。

正座の痺れが全身にとは……何ていう地獄だよ。そりゃ突っつかれたゲオルグさんは悶え苦しむよね。

タールさんは、ものスゴく幸せそうで楽しそうだったけど。

「リナ……何、その青紫の物」

再び例の干し肉を見ていた莉奈。朝食を運びに来てくれたラナ女官長が、部屋に来て頬をひきつらせていた。

「キャリーの心臓？」

「だ……誰よソレ⁉」

「人の心臓⁉」

ラナと、後から入って来た侍女のモニカが、目を見開き驚いていた。莉奈が人間の心臓を持っていると、勘違いしたらしい。

キャリー＝キャリオン・クローラーだと分かるのは、一部の人間だからね。

「アハハ。違う違う。キャリ……毒の芋虫、魔物の心臓」

キャリオン・クローラーと言っても分からないと思ったので、毒の芋虫と答えた。これなら分かるハズ。

「「なんでそんな物を持っているのよ‼」」

二人が怯えた様に叫んだ。気持ち悪いと仲良く肩を寄せて身震いしている。人のではないと分かっても、結局は怯える訳だけど。

「タールさんに頼まれて作った報酬?」

本当は彼に全部渡したのだが、面白……じゃない。何かの時に使いなさいと、解毒薬とセットで何個かくれたのだ。

う～ん。何かの時ってなんだろう?

イタズラしか思い付かないのだけど……アハハ。

「タール長官の……あぁ。そう」

それですべてを察したのか、ラナ達は疲れた様にため息を吐いていた。

それですべてを察するとは、タール長官はどういう人物で通っているのだろうか。

「そういえば、タールさん。ゲオルグさんの事、筋……じゃなかった。なんか嫌っている様に見えたんだけど?」

莉奈は、ラナの出してくれる朝食を、口にしながら訊いてみた。

聞き間違いかもしれないけれど、確かにタールさんは〝筋肉ダンゴ〟ってゲオルグさんに向かって呟（つぶや）いていたと思う。

ラナ達なら何か知っているかなと……訊いてみた。

「あぁ。嫌っているというか、気に入らないというか」

モニカが苦笑いしながら、口を濁していた。

「ん？　どゆこと？」

今後のために訊いておきたい。だってまた、巻き込まれる可能性があるからだ。

「タール長官。10歳離れた、可愛（かわい）らしい妹さんがいらっしゃるんだけど……」

「だけど？」

「一昨年（おととし）、ガーネット師団長のところに、お嫁に貰（もら）われてしまわれたのよ」

ラナが苦笑いしながら教えてくれた。

「…………あぁ……」

莉奈は何だか、ものスゴく納得した。

今、思い出してみれば、人間性を嫌っている感じではなくて、姑（しゅうとめ）のイジメに似ていたからだ。

歳（とし）の離れた大事な妹を取られたら、そりゃあイジメたくもなるか。

「それにタール長官のご両親。幼い時に亡くなられてね。だから、余計に過保護になっていらして……」

タール長官も両親を亡くしていたのは初耳だし、10も離れた妹がいたのも知らなかった。あまり、人の家族の事をペラペラ聞くのはどうかと、今まで訊いてこなかったからだ。

莉奈自身、不慮の事故で家族を失った経歴がある。だから、自分自身が触れて欲しくないのに、人の家庭の事を根掘り葉掘り聞くのは、どうしても出来ない。

「と、いうより。原因は……」

とまだ何かあるのか、モニカはチラリとラナを見た。

「……〝出来ちゃった結婚〟なのよ」

ラナはため息と苦笑いを漏らしながら、教えてくれた。

「あ～」

莉奈はなんともいえない表情で笑った。

日本だって出来ちゃった結婚を、良く思わない人は多くいる。なのに、まだまだ古い風習や習慣もあるこの世界。

貴族なら尚更（なおさら）あり得ない話らしい。結婚が先。赤子は後なのだ。

それを知ったタール長官は、ゲオルグ師団長を殺さんばかりに、彼に最大級の魔法を放とうと暴れたらしい。

「ゲオルグさん……」

莉奈はため息を吐（つ）いた。

男女の関係のアレやコレに、口を出すつもりはないけど……。タール長官の妹と知っていたのなら、結婚までガマンして欲しい。

莉奈の考えている事が分かったのか、二人が顔を見合わせていた。

「まぁ。でも、師団長もかなり頑張ったのよ?」

「でも……ねぇ? 毎夜の様に夜這いに来られたら、男は据え膳食わねば何とやらなんじゃないかな?」

ゲオルグ師団長を庇う訳ではないけど……と、ラナとモニカが苦笑いしながら追加情報をくれた。

「……」

うっわ。タールさんの妹。まさかの超肉食系女子ですか。

あ〜ぁ。ゲオルグさん……。

侍女だったタールの妹は、王宮で見かけたゲオルグ師団長をロックオン……じゃなかった。一目惚れ。そして独身だと聞くや否や、あの手この手と超がいっぱい付くほど積極的に、あのゲオルグ師団長を落としに掛かったそうである。

硬派で通っていたゲオルグ師団長も、とうとう食べ……ゴホン。ほだされ妹さんと、結婚する事になったそうだ。

莉奈はさらになんとも言えなくなった。どう言ってイイのかも分からない。ゲオルグ師団長は悪くない。だけど、タール長官の気持ちも分かる気がする。

だから莉奈は、もう何も返答はせず、ただラナの用意してくれた朝食を無言で食べるのであった。

第3章　フェリクス兄弟の帰還

――朝食後。

莉奈(りな)は【白竜宮(はくりゅうきゅう)】に来ていた。

これから魔竜討伐に向かうシュゼル皇子は……大丈夫だから心配はしていないけど。昨日(きのう)、竜の棲(す)みかに向かったエギエディルス皇子は心配でしかなかった。

フェリクス王がいるとか、いないとかではない。気持ちの問題である。胸がソワソワして仕方がないのだ。

「おはようございます。シュゼル殿下」

フェリクス王達はまだ戻ってはいなかったが、これから入れ替わりで向かうシュゼル皇子がいた。

「おはようございます……心配ですか?」

「少し」

莉奈が、自分を気にして来た訳でない事くらい、彼もお見通しである。魔竜討伐に向かう自分の、見送りではないのに微塵(みじん)も怒らないらしい。エギエディルス皇子だったら、きっとふて腐れそうだ。

シュゼル皇子と、番を見つけに行った弟皇子の話をしていると、近くにいた真珠姫がチラリと空を見た。

朝はすでに明け、朝もやがうっすらとかかる空。莉奈も視線を向けて見たものの、空には雲一つなかった。

「戻って来ましたね」

シュゼル皇子は、真珠姫と同様に何かの気配に気付いていた。

「……え？」

莉奈はまったく何も感じないが、どこに見えるのかと空をキョロキョロ。

数分も経たないうちに竜の宿舎の方角、空高くに黒い竜の姿が見えてきた。だが、良く目を凝らすと……その少し後方に薄紫色の小さな何かが付いて飛んでいる。

「見つけた様ですよ」

真珠姫が目を細め、降りてくるのを優しそうに見守っていた。

最初に王竜の気配を感じた時、後方に付く何者かの存在も感じ取っていたに違いない。

「あっ‼」

近付くに連れ徐々に全貌が見えてくると、それが何か分かった。いや、もっと早くに気付くべきだった。

王や王竜がいて、魔物を連れて帰るなんてあり得ないのだ。

薄紫色の小さな何か……それは竜だった。

王竜が優雅に、バサリと広場に降り立てば、地面には小さな震動が起き砂煙が舞い上がる。地面が砂場だったら、砂嵐が起きるに違いない。

そして、それに続いて薄紫の竜がフワリと降りた……が、少しバランスを崩してトテリとよろけている。

超可愛い～～っ‼

「……ほぁ～っ」

莉奈はランランと瞳が煌めいていた。

薄紫色の竜が、可愛らし過ぎるからだ。身長は首を伸ばして2メートルくらいか。翼を広げても、軽トラック程の横幅があるかないか、くらいの小さな竜である。

まだまだ子供の幼い小竜など初めて見た莉奈は、興奮しかない。

「無事の御帰還。お待ちしておりました」

シュゼル皇子がにこやかに言えば、いつの間にかいた近衛師団兵達が、一斉に両膝を落としフェリクス兄弟を迎えた。

「あたっ！」

「お前は……挨拶もねぇのかよ」

フェリクス王は、優雅にのんびりと歩いて来ると、莉奈の頭をコツンと叩いた。

自分に見惚れる女は数多くいるが、ガン無視する女はかつてない。

本心はどうでもイイと思っていたが、挨拶くらいしろと叩かずにはいられなかった。叩けば叩いたで今度は、自分の抱えている弟に視線を落とし、自分には目も合わせなかった。

ずっと小竜に見惚れていたと思えば、次は弟。ここまで自分に興味がない女は初めてである。

「あっ！　これはこれは、大変失礼致しました。陛下の無事の御帰還、心よりお待ちしておりました」

莉奈は頭を叩かれたりガン見されたりで、やっと気付いたのかハッと慌てて両膝を地につけた。

普通なら断罪ものだが、皆も慣れたものだった。以前なら恐怖で膝も震えていただろうが、今は違う。フェリクス王は莉奈には決して危害を加えない。

だから多少はヒヤヒヤするものの、一部の近衛師団兵達からは小さく苦笑が漏れていた。

「あからさまな嘘をつくんじゃねぇ」

「イタッ」

恭しく言ったものの今更過ぎである。莉奈はもう一つペシリと頭を叩かれていた。

「陛下がいなくて、涙に明け暮れていました」

さらにヨヨヨと嘘の涙を拭って見せれば、

「ドコまでも白々しい。お前は黙って飯でも用意しろ」

フェリクス王は小さく笑って、地に膝を突いている莉奈の首根っこをむんずと掴み、ペイッとゲ

オルグ師団長に向かって放ったのである。

「なっ⁉　か弱き乙女を放り投げるなんて、あり得ない‼」

莉奈はフラりとしたが、ゲオルグ師団長に支えられつつ王に猛抗議。

ネコみたいに首根っこを掴むのもあり得ないが、放り投げるなどもってのほかだと。

フェリクス王に反論している莉奈に、皆はビクビクとしていた。いくら危害は加えないとしても、このやり取り自体が綱渡りの様で、長く続けばやっぱりそれだけ怖くて仕方がないのだ。

立ち去ろうとしたフェリクス王は、莉奈の暴言に怒りもせず面白そうに振り返った。

「ほぉ？　か弱き乙女？　なら後で、胸の大きく開いた深紅のドレスを送ってやる。着てこい」

「っ⁉　なら、陛下はパンイチで待っていて下さいね‼」

絶対にからかっていると確信した莉奈は、頬が真っ赤になりつつも、それはセクハラだとさらに猛反論する。

畏れもせずに王に反論してみせる莉奈に、皆は心臓がバクバクしつつも〝パンイチ⁉〟と眉を寄せていた。

「……クックッ」

フェリクス王は背を向けながら、くつくつと肩を震わせ笑っていた。ドレスで来いと言う言葉に対して、パンツ一丁。

そんな反撃が返ってくるとは、微塵も思わなかった。なんなら、顔を赤らめモジモジするかと、勝手に想像していたのである。

予想の斜め上を行く莉奈の攻撃に、面白くて可笑しくて仕方がなかった。莉奈はそんな可愛らしい女ではなかったと、改めて思い出す。

「ドレスに対してパンイチ。割りに合わねぇにも程がある。酒も用意しとけ、じゃねぇと、しばらく石の床に寝かしてやるからな」

覚悟しとけよ？　そうフェリクス王は、脅迫めいた台詞を放つと、指をパチンと鳴らし消えたのであった。


【石の床に寝る】

それ、すなわち。牢獄にブチ込むぞ？　って事なのだろう。

莉奈は牢獄に入れると言われた事よりも、朝からお酒ですか、陛下……と、遠い目をしていた。

ああ言われてしまった以上、ドレスはともかく、ご飯とお酒は用意しておかないといけないだろう。

そして、エギエディルス皇子を心配して来たハズなのに、すっかり忘れている莉奈だった。

「パン……イチ」

シュゼル皇子は違う理由で、フルフルと肩を震わせていた。彼もまた、以前なら莉奈を咎めたかもしれない。

だが、それを許してしまうくらいに、莉奈に心を許してしまっていた。面白くて可笑しくて、憎めない少女だったたからだ。


きゅるる〜っ。

そんな時、どこからか可愛らしい音がした。

莉奈は、何だろうとキョロキョロする。だが皆が皆、その音が聞こえた瞬間、辺りを見回す事も一切なく莉奈を一斉に見ていた。以前、竜を間近に腹を鳴らした事があるからだろう。

「はぁ？　私じゃないし‼　超失礼なんですけど⁉」

当然の様に見てきた皆に、莉奈は猛抗議する。

ナンでもカンでも私のせいにしないで欲しい！

きゅるる〜？

再び聞こえた可愛い音のする方を見れば……あの薄紫の小竜であった。

何コレ‼　超可愛過ぎるんですけど――――っ⁉

莉奈は、疑われた事も吹き飛ぶくらいに萌(も)えていた。声まで可愛いとか、マジ最高‼

「ん？　エディですか？　おそらく金天宮(きんてんきゅう)に連れて行かれたと思いますよ？」

竜の言葉が理解出来るのか、念話(テレパシー)かは知らないが、シュゼル皇子が小竜の質問に答えている様だった。

フェリクス王が脇に抱えていたのだから、おそらくそのまま自室か執務室に連れて行ったに違いない。疲れきっている弟を、何処かに放って置いたりしないのは分かっている。

「きゅるぅ?」

「一番高い建物ですよ?　……真珠姫」

そうは言われても初めて来た王城で、どこが何の建物かなんて分からない小竜は首を傾げている。

なので、シュゼル皇子は自分の竜に教えてあげる様に、頼んであげた様だった。

「はぁ。仕方がありませんね。付いて来なさい」

真珠姫が薄紫の小竜に話し掛けると、飛ぶために広場の中央に向かった。その後を、小竜はチョコチョコと付いて行く。

そして、翼を広げた真珠姫をチラチラ見ながら、一緒に羽ばたくと金天宮に向かって飛んで行ったのであった。

可っ愛い～‼

莉奈は目が垂れに垂れていた。

成体の竜は、ものスゴく優美で格好イイが、幼い竜は……あんなにも可愛いとは思わなかった。

それに、幻想の竜が自分の番になった事も感激なのに、子供の竜なんて素敵過ぎる。

異世界、マジ最高‼

「あれが、エドの竜ですか？」

フェリクス王と捜しに行き、シュゼル皇子達が見つけたと言ったのだから、そういう事だと莉奈は思ったのだ。

「ですね。小さくて可愛らしかったですね」

シュゼル皇子はフフッと、竜達が消えた空を目を細めて見ていた。シュゼル皇子も、捜しに行くと言ってすぐ見つけて来るとは、想定していなかった。

それも小さな小竜である。どうせ持つ事になるのならば、弟の身を護る番は、強い竜が良いに決まっている。色は三番目に強いと言われている紫だった。それは良しである……が、まだ幼き竜。あれではおそらく、竜に跨がり空を翔る事は出来ない。という事は、魔物との戦闘はまずないだろう。

それは嬉しく思う反面、弟がショックを受けていないか……兄として何と言っていいのか、言葉に詰まるのだ。

「エド……番を持てて良かったですね？」

莉奈は思わず、苦笑する。シュゼル皇子と同じ様な事を考えていたのだ。

竜を持った事は嬉しいに違いない。だが、竜が成竜になるには、最低1年は掛かると聞いた事がある。今すぐにでも兄達の役に立ちたいエギエディルス皇子は、落ち込むだろう。

「そうですね」

シュゼル皇子はそう言いながらも、少し寂しそうに笑っていた。自分から巣立って行くみたいで、寂しいのかもしれない。

見えなくなった空を見上げ、少しばかり感傷に浸っていると――。

「あぁ。リナ」

シュゼル皇子は急に何かを思い出したのか、振り返ってニコリと微笑みこう言った。

「アナコンダではなくて、本当は何に何をかけると、美味しいんですか？」


――忘れてくれてなかった。

「リナもグルだったとは……」

軍部、白竜宮の食堂側の窓から、ゲオルグ師団長が覗いていた。

シュゼル皇子の笑顔に捕まってしまった莉奈は、あれから説明をするハメになったのだ。

生キャラメルをクリーム状にし、アイスクリームにかけると美味しいと……。そう言えば、当然ヨロシクと言われる訳で、今ここにいる。

そして、今はゲオルグ師団長に捕まっていた。何故、お前がタール長官と組んで、毒の芋虫を自分に食わせたのだと。

「ゲオルグさん」

「……なんだ？」

「あの状況で、私に否と言えると思います？」

「言える」

ゲオルグ師団長は断言する。他ならぬ莉奈なのだからと。

——何でだよ‼

莉奈はムスッとした。

私を何だと思っているのかな？

イヤ、少し？　ちょっと？　楽しんでいたかもしれないけど‼

「お詫びに何かお作りしましょうか？」

莉奈は言い訳を諦めた。

アイスクリームにかける生キャラメルは後で作るとして、楽しんだのも確かだ。

それにどの道、フェリクス王のために、何かは作らなければいけなかった。

「フフフ……その言葉を待っていた」

ゲオルグ師団長は意地悪そうな笑みを浮かべた。

莉奈が悪いなんて端から思っていない。ただ、莉奈ならそう言ってくれるに違いないと踏んだのだ。

「……」

ハメられた……と莉奈は思った。

「何が食べたいんですか?」

作ると決めた以上はしっかり作りたい。そう思って、一応食べたい物があるのか訊いてみた。

何でもいいが一番困る。

「コレで何かを作ってくれ」

そう言って、ゲオルグ師団長は窓に付いている配膳用の棚に、ドスンとビンを置いた。

無色透明の何かが入ったビン。まぁ、大体は察する。

だって、ただの水を持って来て、これで何かを作れなんて言うハズもない。蛇口に触れれば水が出る世界だ。

「なんていうお酒なんですか?」

「ホワイト・ラム」

そう言って、ゲオルグ師団長は嬉しそうにニカッと笑った。

ほら、やっぱりお酒だ。

「カクテルを作れって事ですね?」

この様子からして、絶対に料理に使えって事ではないだろう。

「あっちで待っている」

言うか言わないかのうちに、食堂に向かって行くとイスにドカリと座った。

作れません、と言う返事は待っていないらしい。未成年に何を渡して作らせるんだろうと、少しだけ呆れる莉奈だった。

「で、何を作るんだ？」

白竜宮の料理人達が、目を獣の様にギラつかせて莉奈を見ている。

やり取りを見聞きしていれば、莉奈が何を作る気なのか分かる。しかし、なんのカクテルなのか迄は分からないのだ。

「さて、何にしようかね～」

興味しかない料理人達は、作業を止めて集まり始めていた。

ついでに、フェリクス王の分も作ってしまおうと考える。

酒も用意しとけって言っていたから、丁度いい。

しかし、酒はホワイト・ラム以外にも色々と種類があるのだから、少しばかり原料の〝サトウキビ〟を、砂糖の方に多めに回してもバチは当たらないと思う。

そうすれば、砂糖の価格も安くなるのに……と思わなくもない。

だけど、国のトップを筆頭に酒好きの集まり。原料を甘い砂糖に回す気はないのだろう。

シュゼル皇子が庶民だったのなら、何がなんでも砂糖に回させるように取り計らうだろうけど
……あの人、この国の宰相様。

お金はあるから、そちらに回せなんて言わなくても、いくらでも手に入る立場である。

ダメだこりゃ……と思う莉奈だった。

◇◇◇

「……」

莉奈はカクテルを作ろうと、振り返り唖然(あぜん)とした。

カクテルを作ると聞いた料理人達は、作業台にズラリと材料を並べていた。

十数種類のお酒。果物、氷、そして様々な形のグラス。

どうぞといわんばかりである。莉奈が唖然としている中、まだまだ準備をしていた。

誰(だれ)が皆の分まで作るなんて言ったかな?

「足りない？」

料理人がにこやかに言った。

らだ。

莉奈はお酒を見ながら考える。絶対に辛口のカクテルにした方がいい。フェリクス王の好みだか

特に、お酒は色々とある。ウイスキー、ブランデー、ウォッカ……実に多種多様だ。

逆に引くぐらいタップリと用意されている。

「足りすぎだよ」

この際、ゲオルグ師団長の好みなんてしったこっちゃない。

ゲオルグ師団長が持って来たのは〝ホワイト・ラム〟。

それで、なるべく簡単で辛口のカクテルをレシピから探す。

「ゲオルグさ〜ん」

「なんだ？」

「奥さん可愛い？」

タール長官の妹と結婚したという話を思い出し、どんな人かな？　と聞いてみた。

「世界一可愛い」

ゲオルグ師団長は恥ずかしがる素振りもなく、満面の笑みで答えた。

出来ちゃった結婚だったけど、ラブラブみたいである。莉奈は思わず笑ってしまった。こんなに愛されているのなら、襲った……いや食べた……じゃない、アタックした甲斐があるというものだ。

軍部の仲間達からは、ヒュウヒュウとひやかしの声が聞こえていた。

「奥さんはお酒は？」

「私より強い」

ゲオルグ師団長はアハハと苦笑いしていた。

酒豪の彼が強いと断言するのだから、相当なモノである。

――化け物だ。

ゲオルグ師団長は化け物と結婚したに違いない、と莉奈はゾッとした。

この国に、酒豪やザルではない普通の人は、いないのだろうか？

莉奈は数える程しか下戸がいない事に、呆れると同時に感服していたのであった。


「なら、その化け――」

「化け？」

「可愛い奥さんに、簡単なカクテルを自分で作ってあげなよ。きっと喜ぶよ？」

ヤバイヤバイ……化け物なんて思ってたから、ついつい口からポロリと洩れちゃったよ。

「……！　それはイイ！　ぜひ教えてくれ」

イスに座っていたゲオルグ師団長は、勢いよく立ち上がった。

出会いはどうであれ、羨ましいくらいに仲が良さそうだ。家の両親もスゴく仲が良かったなと、懐かしさに笑みが溢れる。

「で？　どうすればイイ？」

ゲオルグ師団長が厨房に入ってくれれば、途端に莉奈は首が痛くなった。

垂直に上がる首は、まるでどこまで曲がるかを、試されているみたいだ。

「女性向きに作るから、グラスは可愛い物を選ぶとする」

「え？」

ゲオルグ師団長は可愛い？　と眉を顰めた。

グラスと聞き、真っ先に手に取ったのは、まさかのビールジョッキだった。

「なぜ、それを取る」

よりにもよってジョッキかよ、と莉奈は呆れ返った。

質より量重視らしい。バーでカクテルを頼んでジョッキで出たら、その店のセンスを疑うよ？

「ウチの奥さん、たくさん飲むから……」

ボソボソと言い訳を言うゲオルグ師団長。

そういう問題なのかな？

冗談ではなく、本気で酒豪らしい。莉奈は呆気にとられる。

「グラスはこのシェリーグラスを使う」

ゲオルグ師団長をガン無視し、莉奈はグラスを手に取った。

このグラスは持ち手が長く、グラスの下だけが少しだけ膨らんでいるシェリーグラスである。

「なら。シェリー酒を使うんだな？」

ゲオルグ師団長は当然そうとばかりに、シェリー酒を手に取ろうとした。

「残念でした。ブランデーだよ」

「シェリーグラスなのにか？」

「可愛く見えれば何でもいい」

シャンパングラスでも、カクテルグラスでもである。可愛らしく見えればいい。ジョッキは論外。

「後はレモンと砂糖を使う」

そう言いながら、莉奈はレモンを輪切りにスライスした。

材料はこれだけの簡単カクテルである。

「輪切り？　中に入れるのか？」

さっぱり分からないゲオルグ師団長は、グラスとレモンをどうするのか見ていた。

「違～う。まずは、グラスにブランデーを適量注ぐ。んで、輪切りにしたレモンを上に乗せる」

コポコポとブランデーをシェリーグラスに注いだ。そのグラスの上を塞ぐ様にして、輪切りにスライスしたレモンを一つ乗せた。

「え？　レモンでフタなんかしてどうすんだ？」

「それじゃあ、飲めないだろ？」

「そもそも、カクテルなのに酒同士で混ぜないのか？」

カクテルは酒と酒、あるいは酒と何かを混ぜる物だと聞いていた。なのに、莉奈がブランデーだけしか注がなかった事に疑問を覚えた皆は、次々と疑問を口にした。

「まぁまぁ。最後まで見ててよ」

答えを急かすゲオルグ達に、莉奈は笑いながら次の工程を始めた。

今度は砂糖を取り出し、小さじ一杯くらいの大きさのスプーンで掬った。その砂糖を、まとまる様に軽く上から押さえ固める。

そして、その固めた砂糖を、先程のレモンの上にポンと乗せた。

「これで、出来上がり」

不思議で可愛い、カクテルが完成した。

琥珀色のブランデーが入ったグラスの上にレモンのスライス。そして、そのレモンの上に砂糖がこんもりと乗ったカクテルである。

「え？　可愛いけど、これもカクテルなの？」

料理人が驚いた様に訊いてきた。

今までの混ぜるカクテルとは、また別の新しいカクテルに驚きとワクワクした感覚が走る。

「これは、口の中で作るカクテルなんだよ」

混ぜて出すだけでなく、自身の口で作るカクテルも結構あるのだ。見た目もオシャレで、楽しめる。カクテルの醍醐味だろう。

「「口の中で……」」

皆の生唾を、ゴクリと飲む音がした。

味を想像して、自然と顔がニヤついている。本当に楽しそうだ。

「く……口の中でってどうやってだ？」

ゲオルグ師団長が前のめりに訊いてきた。興味津々である。

「レモンのスライスで砂糖を挟んで口に含む。そして、それを少しだけ吸ってブランデーを飲む」

アイスティーでやった事はあるけど、個人的には微妙だった。ブランデーではやった事がないから知らない。お母さんは「面白くて美味しいけど、手が汚れる」って文句を言っていた様な気がする。

「なるほど……」

再びゲオルグがゴクリと生唾を飲んだ。

レモンの酸っぱさを想像して飲んだ訳ではなさそうだ。


「非番のあなたにプレゼント」

もはや、配膳用の窓は、王宮もここもカウンターの様になりつつある。

そのカウンターから、知らない間に覗いていた人がいたから、莉奈はどうぞと差し出した。私服

を着ているから、非番だろう

「よっしゃ〜っ‼」

貰った軍部の人は皆が注目する中、盛大に拳を天に上げた。

莉奈が来ていると耳にして、たまたま見に来ていたのだ。それが、思わぬ収穫に繋がった。嬉しくて仕方がなかったのである。

「「「チッ」」」

背後から舌打ちが聞こえた。

「簡単なんだから、夜に作ればいいじゃない」

もう笑うしかない。莉奈が誰かにあげようとすれば、必ずと言っていい程、貰えない人達の残念そうな声が上がったからだ。

「砂糖がない」

「金もない」

「リナがパクって何もない」

人聞きの悪い呟きが、料理人達から聞こえた。

パクったって失礼じゃない？

以前来た時に大量にあったから、莉奈が半分以上〝貰って〟いったのだ。決してパクった訳ではない。

まぁ、たとえ厨房にあっても莉奈でないのだから、大量には勝手に使えない。そして、余程でない限り、高価な砂糖は個人的には買わない様だ。

「「「……」」」

ジトッと皆の視線が莉奈に突き刺さる。

「い、1キロあげるから、そんな目で見ないでくれるかな？」

莉奈は魔法鞄（マジックバッグ）から、以前貰った砂糖を1キロ返す事にした。だって怖いんだもん。

針のむしろって言葉があるけど、こういう事なのかもしれない。

「リナは優しいな。ポーションをあげよう」

代わりにゲオルグから、ポーションを手渡された。

おかげで莉奈の魔法鞄（マジックバッグ）の中には、結構な量のポーションが入っている。

使う機会がないから、ポーションがドンドン増えてるよ。


「レモンで砂糖を……ん。中々難しいな」

渡したカクテルをさっそく飲もうとしている軍部の人。グラスに乗ったレモンで砂糖を挟むのが、意外に難しいらしい。ちょっとばかり苦戦している。

「これ、なんて名のカクテルなんだ？」

ゲオルグもなんとか完成させ、満足そうにしている。

ひょっとしたら、奥さんにあげた時の反応を想像しているのかも。

「ニコラシカ」

一人で飲むシュゼル皇子用にも一応……と、莉奈はいそいそ作っていた。

オレンジとかライムとかを、同じ様に輪切りにしても楽しめると思う。

「ニコラシカ……か」

自分で作ったカクテルを持ち、ゲオルグは反芻させ呟いていた。

「ん～っ‼　な～にコレ。口の中で色んな味が混ざって面白っ‼」

莉奈に貰ったニコラシカを、たった一人だけで堪能している軍部の人。

「美味しいのか？」

ゲオルグが部下に訊いていた。

奥さんにあげる前に、しっかりとリサーチしたい様子。

「旨いっス。初めは酸っぱいけど……スゴい面白い」

口の中で混ざり合うお酒とレモンが、なんだか面白くて楽しかった。レモンを肴にブランデーを楽しむ様な、不思議な感覚だった。

「そうか、そうか」

ゲオルグは感想を聞いて、実に満足そうに笑った。

奥さんの喜ぶ顔でも想像したに違いない。愛されてるんだな……と莉奈の顔も綻んだ。

「さて、次はゲオルグさんに貰ったホワイト・ラムで作りますか」

本命はコッチだ。ニコラシカは砂糖が乗っている時点でフェリクス王向きではない。

「何を混ぜるんだ？」

ワクワクしている料理人が訊いてきた。

「ドライ・ジ……って、ブラックオリーブがあるじゃん」

料理人達が先程用意してくれていた中に、塩漬けのブラックオリーブがあった。

以前マティーニを作った時は、グリーンオリーブを使ったけど、今度は熟した実のブラックオリーブがある。使わない手はないだろう。

ちなみに、このオリーブを漬けた汁を使ったカクテルもあるんだけど……面倒だから今日はイイや。

「マティーニみたいに使うのか？」

ゲオルグ師団長が興味深げに訊いた。

マティーニの時の様に飾りで入れると、想像したらしい。

「うん。んじゃ先に、ブラックオリーブを使って〝ブラックデビル〟ってカクテルを作ろっか」

「「ブラックデビル⁉」」

皆はその怪しいネーミングに、少しだけ驚いたものの、すぐに興味津々な表情に変わった。

だって〝黒い悪魔〟だもんね。

「辛口か？　辛口なんだろ？」

悪魔と聞いたゲオルグ師団長が、さらに前のめりになっていた。

「辛口だね。このカクテルは超簡単だから、後で皆も作れば？」

「マジか、簡単ならイイな」

「「難しくても作るけどな‼」」

莉奈がそう言えば、料理人達は楽しそうに笑った。やる気満々みたいである。

「よしよし。グラスは何にする？」

ゲオルグ師団長が一番作る気満々だ。

「カクテルグラスでいいかな」

持ち手の長い逆三角の、良くあるカクテルグラスを選んだ。さっきはシェリーグラスだったし、変化があった方が面白い。

「さて、混ぜて作るから大きめのグラス……って、ミキシング・グラスがあるしっ‼」

色んなグラスの中に混じる様に、ビーカーに似た形のミキシング・グラスがあったのだ。ビックリである。

「だってカクテル作るには必要だろ？」

「必要だろって……あなた達、寸胴で作るよね？」

スープでも作りますか？　って感じで寸胴にジャバジャバ入れて、スープを注ぐ大きなお玉、レードルで混ぜる。最後は魔法で一気に冷やして作ってるのだ。

ここは家じゃないし工程を見せる必要もないし、一人や二人分しか作れないミキシング・グラスは王宮に必要だとは思えない。

「だけど、リナは寸胴で作ってくれないだろ？」

「あのねぇ。私ありきで話をするの、ヤメてもらってイイかな？」

確かにあれば便利だけど、私が作る事前提で道具を用意するのはヤメてくれるかな？

何だか素直に喜べない莉奈だった。

「まぁ……イイや。とにかくミキシング・グラスに氷を適当に入れる」

もう、反論するのは諦め作業に戻る莉奈。確かにそれを作る専用の道具で作るのは楽しいし、このカラカラとカクテルを混ぜる工程は理科の実験みたいで面白い。

「そこにホワイト・ラムとドライ・ベルモットを2：1で注ぐ。んで、軽く混ぜてグラスに注げは出来上がり」

カクテルピンはさすがになかったから、フルーツ用の小さなフォークにブラックオリーブを刺し、カクテルグラスに先に入れる。

そこに混ぜた、お酒を注げは〝ブラックデビル〟の出来上がりである。

ホワイト・ラムが入っているから、少し白濁した色のカクテル。普通のグラスに入っていれば、レモン水に見える。器と飾りって本当に大事だよね。

「2：1で混ぜるのか。確かに簡単だな」

「だけど……そもそも、ホワイト・ラムってそんなにあったっけ？」

「ドライ・ベルモットだって、マティーニ作るのに使っちゃっててそんなにねぇんじゃ……」

ただでさえ、酒を飲む軍部〝白竜宮(はくりゅうきゅう)〟。カクテルを知り、さらにお酒の消費量が増えていた。はたして、今、新しいカクテルを知ったところで、皆の口に入るだけ作れるのか算段しているらしい。

「そんな悩んでる皆様に、朗報です」

莉奈は、皆のちょっとした不幸？　を知りほくそ笑む。

「何？　朗報って」

「次に作るカクテルには、もれなくドライ・ジンを使います」

とドライ・ジンの酒ビンをドスンと、作業台に置いた。

そうなのだ。ブラックオリーブを見つけて思わず違うのを作ってしまったが、初めに作ろうとしたのはドライ・ジンを使ったカクテルである。

「げっ、マジかよ‼」

「ドライ・ジンもねぇよ！」

「てか。両方ともマティーニで使っちまってて、少ししかねぇ～‼」

「「全然朗報じゃないし‼」」

それを聞いた料理人達は、嘆き叫んでいた。

だって、以前作ったマティーニはドライ・ジンとドライ・ベルモットを混ぜて作るカクテルだ。

しかも材料はそれと、オリーブだけ。簡単に出来るから良く作ってたみたいで、両方とも在庫量が少ないようだ。

本気で衝撃を受けている軍部の人達に、莉奈は笑っていた。

それこそ、悪魔の様に……。

「足りなければ、指を咥えて見ているがイイ」

「「ひでぇ」」

莉奈はフフフと怪しく笑いながら、ドライ・ジンを手に取った。

大体、飲み過ぎなんだよ。この王宮の人達は……。浴びる様にって聞いた事があるけど、地でやってるからね、この人達。

「ガーネット師団長～っ。酒をくれ～‼」

「イッパイあるでしょう?」

「下せぇぇ‼」

足りないと察し始めた軍部の人や、料理人達のねだる声が聞こえた。

「まずは、お前達の部屋にあるやつを持って来い」

軍部なら、大抵の人達の部屋にはもれなく酒ビンがある。かき集めればどうにかなるだろう……とゲオルグ師団長はゲンコツを落とした。集(たか)るなと苦笑いしている。

「お酒好きだね～」

次なるカクテルを作るための準備に掛かりながら、莉奈は笑っていた。

両親もかなり好きだったけど、しっかり〝休肝日〟を作っていた。この人達にはあるのかな？

「「だって、俺達の血は、酒で出来ている！」」

「アホだアホ」

胸を張って誇らしげに言うものだから、莉奈はさらに笑った。血が酒で出来ている訳がない。

「そっちもホワイト・ラムを使うのか？」

そう言いながらもゲオルグ師団長は、さっき教えたニコラシカを一生懸命作っている。皆の分を作るのも兼ねて、奥さんのために練習している様だった。

「そうだよ。これは、ホワイト・ラムとドライ・ジンを同じ分量、１：１で混ぜるだけ」

莉奈はそう言いながら、ミキシング・グラスに二種類のお酒を注ぎカラカラと混ぜていた。

この氷同士がぶつかる、カラカラとする音がまた心地好い。冷凍庫の製氷機で作る氷は、ガラガラとした鈍い音だったけど。市販の氷の方はカランと良い音色を奏でる。

夏にジュースや麦茶を、市販の氷で飲むのは楽しかった。カランカランとする、あの不思議な心地好さが堪(たま)らない。なんで氷一つでこんなにも、音が違うのだろう。

魔法で作る氷も、カランコロンと実に良いハーモニーを奏でていた。

「これは、オリーブは入れないのか？」

空のワイングラスに注いだ莉奈を見て、ゲオルグ師団長が訊いた。

何か入れるかなと思っていたらしい。

「入れないよ。これはこれで出来上がり」

同量を混ぜて注ぐだけ。スゴく簡単。面倒ならグラスで直接混ぜてしまえばイイ。少しくらい分量が変わったって、それも楽しいでしょう。

カクテルが氷でキンキンに冷えているから、注いだ途端にグラスが曇って白っぽく見える。だけど、このカクテル、ブラックデビルほど白濁はしていない。

「へぇ、簡単だな。これなら私にも出来る」

ゲオルグ師団長はスゴく簡単なカクテルを知り、満足気である。

「それは、なんていうんだ？」

ニコラシカを飲んでいた人が、ホロ酔いで訊いてきた。

誰かに出して貰ったのか、カリカリとピーナッツまで食べている。

ここは居酒屋かバーじゃない……というか、まだ午前中なんですけど？

「〝リトルデビル〟」

ブラックデビルに対して、面白くて覚え易いだろうから作ってみたのだ。

ちなみに、リトルなんてネーミングが付いているけど、アルコール度数は、全くリトルではない。ブラックデビルが32・3度に対して、リトルデビルは43・4度もあるのだ。決して名前に騙(だま)されてはいけない。

「「「リトル……デビル」」」

全員がゴクリと生唾(なまつば)を飲んでいた。

キンキンに冷えたカクテルが、目の前にあれば飲みたくなるのだろう。お腹(なか)を空(す)かせた獣達に、肉を与える様なモノだ。

莉奈は、これでフェリクス王用のが出来た……と魔法鞄(マジックバッグ)にいそいそとしまった。置いといたら勝手に、争奪戦の材料にされてしまう。

「リトル」

「小さい……悪魔か」

皆はブツブツ言いながら、莉奈をチラチラと見ていた。

「後で自分達で作りなよ！」

物欲しそうに見る皆には呆(あき)れしか出なかった。

今すぐには無理でも、後でいくらでも作ればいい。材料があるか知らないけど……！

「「「わかった‼」」」

納得したのか皆が、ニッコリと笑い大きく頷(うなず)いた。

そして、次に莉奈をチラリと見ると、口々にこう言った。

「「このカクテルの別名は〝リナ〟だ‼」」

「は？」

莉奈は、どういう事だと眉根を寄せた。


リトルデビル→小さい悪魔→何かやらかす→リナ

と勝手に脳内変換した様だった。

「マジで失礼だから‼」

莉奈は別名を付けた理由を知り、皆に当然の権利として猛抗議すれば、厨房には楽しい笑い声が響くのであった。

◇◇◇

莉奈はカクテルを作った後、フェリクス王の食事の準備に取り掛かる事にした。

とはいえ、ここ白竜宮では作らない。お酒がたくさんありそうだから、ここでカクテルを作っただけだ。

リック料理長達に、王の食事がいらなくなった事も、伝えなければいけない。

まぁ、伝えなくても余ったら余ったで、誰かの口には入るだろうし、ムダにはならないと思うけど。

「リナ、酒の肴（さかな）は？」

いつもの銀海宮（ぎんかいきゅう）の厨房に行こうとしたら、ゲオルグ師団長の手が莉奈の肩に乗った。

カクテルだけでなく、何か酒の肴を作って欲しいと。

「チーズでも食べれば？」

聖女じゃなかったけど、何故か日々忙しい莉奈は面倒くさいと手を振り払った。

「作り方を教えてくれたら、これをやろう」

ゲオルグ師団長はそっけない莉奈にニカッと笑った。

莉奈がそうくるのはお見通しらしい。作って貰おうと魔法鞄（マジックバッグ）から、あるモノを取り出して見せた。

「……っ！」

途端に莉奈の瞳（ひとみ）がキラリと輝いた。

「貰おうか？」

莉奈は手を出したが……サッと届かない様に、ゲオルグ師団長は腕を頭上に上げた。そんな簡単にはやらんという事みたいだ。

「くれ〜くれ〜っ‼」

莉奈はピョンピョンうさぎの様に跳ねた。

ゲオルグ師団長が魔法鞄(マジックバッグ)から出したのは、紫色の竜の鱗(うろこ)だったのだ。光に当たれば、キラキラと宝石の様に輝く竜の鱗。莉奈は欲しくて堪らなかった。

「酒の肴は？」

莉奈の食い付きに得意満面のゲオルグ師団長が、さらにニカッと笑った。

「忙しいから、一品で良いなら教えましょう」

「まぁ、それならイイだろう」

ゲオルグ師団長は頷くと、莉奈に竜の鱗を渡した。

大きさは手のひらサイズで、顔とか尾の先かな？　と莉奈は予想する。想像していたより、意外に軽かった。

硬くて頑丈。しかも軽量とくれば、武器防具にはもってこいだ。

いざというときに売ろう……とほくそ笑む。

一方、たかが酒の肴に、超レア物の竜の鱗をあげたゲオルグ師団長に、皆は呆気(あっけ)に取られていた。

その一枚で、我々の給料がひと月ぶん近く飛ぶんですが？　皆は色々な意味でゴクリと、生唾を飲んでいた。

「コレって……ゲオルグさんの番の？」

ゲオルグさんの竜が何色か聞いた事はないな、と今さらながら莉奈は思った。

「だな」

「男の子？　女の子？」

「リナのおかげで、今月は出費が嵩んだよ」

アハハと高笑いするゲオルグ師団長。

出費が嵩んだというのだから、どうやらメスの竜の様である。竜騎士達は、突然の痛い出費に泣いているからね。

たまにこうやって、宿舎に落ちている自分の番の鱗を売って、経費に充てる事も出来る様だけど……そうそう落ちてはいないらしい。

「挙げ句、気に入らないと、宿舎に全然帰ってきやしないんだよ、これが。暇な時でいいから私の竜の宿舎も、改装してくれ」

その駄賃も含んでいるぞ？　というニュアンスが言葉に含まれていた。番に言われ、仕方なく改装したらしいが、お気に召さなかった様である。どうやら、もうお手上げらしい。

鳴り笛で呼べば来るから、近くには待機している様子なのだそう。だが、部屋にはまったく寄り付かないとか。どんな部屋にしたのやら。

「時間があった時に、改装してみますよ」

「頼む」

そう言って苦笑いしていた。

その事で余程、疲れている様子である。

「ちなみに、名前は付けたんですか？」

メスの番を持っているともれなく、シュゼル皇子の竜みたいに名を付けろとねだる竜もいる。莉奈はまだ竜に名前を付けていないが、付けてと言われている以上、そのうち付けてあげる予定だ。

「〝からあげ〟」

「…………は？」

「いやな？　一度、からあげって付けたんだよ」

「…………」

「そうしたらな、尾でビンタを喰らいそうになってな、ヤメた」

ゲオルグ師団長は何が可笑しいのか、アハハと高笑いした。

竜のビンタは、殺人級の破壊力に違いない。

ナゼ、からあげにしたし。帰って来ないの、それが原因じゃないのかな？

〝からあげ〟は食べ物の名であって、生き物に付ける名前じゃないと思う。

アレ？　でも近所に住んでたお爺さん、インコに〝焼き鳥〟って付けてたな……。

なんでもアリなのか？

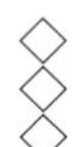

「酒の肴ね〜」

何にしようかなと、莉奈は食料庫を漁りに行く。

酒に合うツマミって、基本的に味は濃いめ、塩辛いイメージしかない。じゃなきゃ揚げ物。酒にサラダはあまり作らない。

「あっ、キノコがある」

莉奈は、木の箱に並んで入っている、キノコを見つけた。

見た目は軸が短く、笠（かさ）は丸めの真っ白い、一口サイズのキノコ。パッと見だけなら、マッシュルームに見える。

【マッシロマッシュルーム】

　適度な湿気があれば、どこにでも生えてくる。

〈用途〉

　マックロマッシュルームより、香りが少なく万人受けするキノコ。栽培しやすい。

〈その他〉

　食用である。


マッシロマッシュルーム。まんまだね。

マックロマッシュルームもあるのかよ。

莉奈はマッシュルームを見ながら、一人でツッコミを入れていた。

「マッシュルームを使うのか？」

異様な圧を感じると思ったら、背後にゲオルグ師団長がいた。

それなりに広い食料庫も、プロレスラーも真っ青なデカさの彼が入って来たら狭く感じる。

「奥さん、マッシュルーム大丈夫？」

莉奈は、ゲオルグ師団長が酒の肴の作り方を訊いてきたのも奥さんのためだろうと推測した。だから奥さんの好みも訊いておこうと思ったのだ。

「大好物だ」

そう言ってニカッと笑うゲオルグ師団長。

本当に奥さん一筋なんだなと、ほっこりもするけど少し羨ましくもなる。これだけ愛されるのって、イイよね。

「じゃ、このマッシロマッシュルームで作りますか」

莉奈がそう言うと、ゲオルグ師団長がマッシロマッシュルームの入っている木の箱を持ってくれた。

ゲオルグさん、フェミニストでもあるんだよね。こりゃ食べられる……じゃない、モテる訳だ。

「これも簡単だから、ゲオルグさんも覚えて奥さんに作ってあげると、絶対に喜んでくれると思う」

「惚れ直すかな？」

「直し過ぎて気絶するよ」

嬉しそうに言うものだから、莉奈もついつい大袈裟に言ってしまった。

なんかね、料理人達も奥さんのために奮闘するゲオルグさんを生暖かい目で見てるんだよね。

タール長官もゲオルグ師団長が、しっかり愛情をもって大事にしているのを知っているから、からかう程度に留めているのかもしれない。

厨房に戻ってきたところで、調理開始だ。

「マッシュルームは少し泥が付いているから、濡れ布巾で軽く拭き取る」

「あっ」

ゲオルグ師団長が莉奈の言う通りにやったら、マッシュルームが潰れ割れた。泥を落とそうとして、つい力を入れすぎた様だ。

「奥さんを触る様に、優しく触らないと～」

「いつも通りソフトに～」

「あなた、優しくしてぇ」

いつの間にか集まった近衛師団兵達が、食堂の窓というかカウンター越しから、ヒュウヒュウとからかっていた。

「うるせぇ！」

部下にからかわれ、睨んだゲオルグ師団長。でも表情は少し笑っている。ゲオルグが師団長だと、実に楽しそうだ。

「リナ、泥落としたぞ？」

何個か割れたけど、ゲオルグ師団長はマッシロマッシュルームの汚れを落とした。うん、ものスゴく大量だ。

「んじゃ、フライパンにバターを適量入れて、溶けたらマッシュルームを……」

莉奈はチラリとゲオルグ師団長を見て、ビックリしていた。

当然の様に一番大きいフライパンを選んだからだ。そのフライパン、パエリアを何十人分作れるの？　ってぐらい大きくて、莉奈は重くて持てない。

だが、ゲオルグ師団長は軽々と持った。それどころか、彼が持つと普通のフライパンのサイズに見える。

莉奈は、はぁぁっと感嘆の声が思わず漏れていた。

「マッシュルームは時々ひっくり返して、まんべんなく焼き色を付ける。焼き色が付いたら塩、コショウを振りかけて、白ワインを少し振りかける」

「なるほど、ここで白ワインか」

ゲオルグ師団長が真剣にアドバイスを聞きながら、作っている。

大きなゲオルグがこぢんまりと料理を作っている姿は、ギャップ萌えかもしれない。奥さんはこういう姿に、また惚れ直すに違いない。

「で、フタをして二分くらい蒸し焼きにする。最後は粉チーズと、お好みの香草をみじん切りにしてまぶし、器に盛れば出来上がり」

簡単マッシュルームのチーズ焼き、完成である。

焼いた白いマッシュルームが、焦げ茶色に色付いている。バターで照りも出て、実に美味しそうに仕上がった。

香ばしいチーズと香草の香りが、厨房に充満すると皆の表情も自然と緩む。今回はローズマリーをパラパラとかけたけど、バジルやパセリでもイイ。

チーズの匂いが堪らないのか、物欲しそうな声が聞こえた。

「まぁ、待て。味見させてやる」

ゲオルグ師団長がいそいそと、小皿に出来たばかりの料理を盛っていた。

どうやら、皆の分も作るために、そのフライパンを選んだみたいだ。たとえこれが、奥さんのための試作だとしても、部下にスゴく優しい。

「ちなみに、白ワインに合うよ」

莉奈は使っていた白ワインのビンを、食堂に繋がる窓、カウンターにドスンと置いた。

もちろん赤ワインでも合うけど、目の前に白ワインがあったから渡してみた。

「「ありがてぇ‼」」

そう言って、白ワイン片手に、出来立てのマッシュルームのチーズ焼きを口にする。

「アッツ！　はふはふっ、うんまっ」

「マッシュルームがすげぇ、ジューシー」

「白ワインがあるから、なおイイ」

非番の近衛師団兵達は、実に美味しそうに食べていた。

チーズがあるから酒が進むと、次から次へとマッシュルームに手が伸びる。小皿に乗っていた料理は、すぐにペロリだ。

もれなく、白ワインも空っぽになった。

「いやぁ、リナ。これなら、イイ奥さんになるよ～？」

「ヨシ。リナ、俺と結婚するか？」

「イヤイヤ。俺と結婚しよう！」

酔いどれ近衛師団兵達は、ご機嫌な様子で莉奈を見て言った。

冗談にしても、言い方が大雑把過ぎる。

「はいはい。なら、皆と結婚しましょうかね～？」

絶対に酔っている皆に苦笑しかない莉奈は、適当にあしらった。

父親が連れて来る友達も、お酒を出したり酒の肴を作ってあげたりすると、似た様な事を言ってきたのを思い出す。イチイチ本気に捉えていたら、キリがない。

酔った男共は、本当に質が悪い。まったく困った人達である。

「リナ、重婚は禁止だぞ？」

ゲオルグは莉奈の肩をポンと叩き、ニカッと笑った。

数年前に、王族以外は禁止になったらしい。

マジで、する訳がないじゃん。

ゲオルグのこの笑い。本気か冗談かまったく分からなかった。

第4章　焼き鳥パーティー

【白竜宮】の厨房を後にした莉奈が魔竜討伐に向かうシュゼル皇子にキャラメルソースの入った瓶とミルクアイスを渡したら、シュゼル皇子はご機嫌な様子で飛び立っていった。

これから魔竜と対峙するとは全く思えないほどにのんびりした雰囲気だった。さすが賢者様である。

――――小一時間後。

莉奈は王宮の中庭にいた。

ロの字型の【銀海宮】の中庭は、学校の校庭がスッポリ入るくらい大きい。ちょっとした池も造られていて、木々も花々もたくさん植えられている。

四季があるこの国なら、その季節には色んな花を咲かせるに違いない。ちなみに、この王城は山の頂にあるから、高山植物らしきモノもある。

ただでさえ、見た事のない花や木々ばかりだけど。高山植物は、形も変わっていて面白い。針の様な葉が生えている木もあれば、やたら大きな葉の木もある。実に多種多様である。

そして、人工池の真ん中には橋で渡れる小島がある。寛げる様にテーブルやイスも設置してあり、憩いの場となっている様だ。

この人工池。良く見るとプクプクいってる箇所があるから、ここにも温泉か水が湧いているのかもしれない。

山の頂ってものスゴく寒いイメージがあるのだけど、地熱があるのか超快適。天然の床暖房みたいだ。

世間では八月、〝夏〟らしいけど、ここは魔石がある。それらを上手く利用して、いつも25度前後で保たれているとか。

だから、夏といっても平地程暑くはならないらしい。聞いてはいたけど、生活していると実感する。


――――で、莉奈はそこで何をしているか？

〝焼き鳥〟を焼いていた。

昼食前に厨房でフェリクス王に何を作るかを考えていたら、軍部の倉庫にバーベキューセットがあるよ？　と料理人のサイルが教えてくれたからだ。

魔物の討伐に出掛ける時に、持って行く事もあるそうだ。それが、倉庫にあると聞いたので一セット貰ったのである。

鶏肉は豊富にあるから、それらを串に刺して貰い、ここ中庭で焼いていた。厨房でも良かったのだけど、絶対に味見させろと言われるに決まっている。

だから、作り方を教えるだけ教えたら、静かで誰も来ない中庭に来た。煙も出るから屋外の方が丁度いい。


「うっま～っ！」


さっそくとばかりに、莉奈はたった今、焼き上がった鶏モモ肉の串を頬張った。

醤油がないから、レモンかライム。それと塩か、塩にガーリックや香草、唐辛子を混ぜた簡単なモノしかないけど。炭火で焼いた鶏肉は、炭の香ばしい匂いがする。

オーブンで焼くのとは全然違って、炭のおかげでプックリと焼けた鶏肉は、ジューシーでものスゴく美味しい。

家族がここにいたら、両親はキンキンに冷えたビールをくれと言うだろう。弟だったらコーラかな？

味見は作り手の特権だよね。まぁ、別名つまみ食いとも言うけれど。

「お前は、ここで何をしてやがる」

中庭で焼き鳥を焼いていたら、もれなくフェリクス王が釣れた。

いくら敷地が広いとはいえ、ロの字の真ん中で焼き鳥を焼いていれば、煙突効果でもあるのか煙は王宮全体に広がっていたらしい。

通りかかった者達が、口々に何だ何だと騒げば、当然トップのお耳に入る訳だ。

お腹も減る頃の時間に漂う、肉が香ばしく焼ける堪らない香り。花の匂いは蜂や蝶を呼ぶみたいだけど、鶏肉の焼ける匂いは国王陛下を呼ぶ事となった。

「焼き鳥」

莉奈はモグモグと、今度はカリッと焼いた鶏の皮を食べていた。

国王陛下が来ようがナンのその。もう、慣れてしまった。

「なんで、ココで焼いてんだよ」

元気になったのか、隣にエギエディルス皇子がいた。

莉奈の突拍子のない事はいつも通りで、呆れつつも笑ってしまう。厨房で焼けよと。

「ケムイから」

次はちょうど焼けた砂肝を口に入れ、コリコリと心地好い音を立てていた。

うん。砂肝はコリコリして美味しい。

「陛下の御前だというのに、無礼ですよ、リナ」

相変わらず冷淡な執事長、イベールも半歩後ろにいた。

無表情だけど、怒っているより呆れている様な気がする。莉奈に怒る事は、すでに諦めているのかもしれない。

「焼き鳥は焼けたその瞬間から、ご馳走なんですよ？」

モグモグと砂肝を全部口に含み、用意しておいたおしぼりで手を拭いた。

直接、焼き鳥の串を触るから予め準備しておいたのだ。

「フェリクス陛下。エキサイト殿下……そして、イベールさん。すぐ、ご用意出来ますのでお座り下さい」

莉奈は、側にあるテーブルにおしぼりを用意しつつ、お三方をイスに促した。

これは三人のために作っていたから、丁度いい。持って行く手間も省けた。

「エキサ……フェル兄やイベールはまんまなのに……」

エギエディルス皇子は、どうしていつも自分だけ違う呼び名なのかと、妙な不満を漏らす。

「では、フェスティバル陛下。イボンヌさんもお座り下さいませ」

「まさかの、そっち⁉」

自分に合わせるとは思わなかったエギエディルス皇子は、目を丸くし突っ込んだ。

こう言われたら当然、自分をエギエディルスと呼ぶのではないか？　と思ったのだ。

「フェス……随分と賑やかだな、オイ」

「私は性別を越えました。リナ、懲罰ものですよ？」

エギエディルス皇子に言われ、ならばと冗談混じりの莉奈に対し、フェリクス王はくつくつと笑い、イベールはピクリとこめかみが動いた。

エギエディルス皇子は何だかんだと、楽しそうに笑っているけど。

でも三人とも、色々と言いながらもしっかり着席したのだから、食べる気は満々なのだろう。

目の前にあるこの鶏肉が、チリチリと焼ける匂いは堪らないよね。


「さて、焼き鳥の前に食前酒をどうぞ」

フェリクス王とイベールの前に食前酒として、まずは一つカクテルをコトンと置いた。ブラックオリーブの入ったカクテルだ。

途端にフェリクス王の瞳（ひとみ）が、キラリと光った気がした。

「リナ、私は――――」

職務中、あるいは後でと言おうとしたイベール。だがフェリクス王に、

「俺が許す」

と言われ、思わず生唾（なまつば）を飲んでいた。イベールもカクテルを飲みたかった様だ。

「殿下は、食前ジュースをどうぞ」

口を小さく尖らせたエギエディルス皇子には、ミックスドリンクを渡した。

もちろん、カクテルグラスに入れてオシャレにしてある。

オリーブの代わりに、ククベリーをフォークに刺して、カクテル風に見せたのだ。

「すっっげぇ‼　マジでカクテルみたいだし‼」

オリーブに似せたククベリーを入れたおかげで、カクテルと遜色がなくなった。

エギエディルス皇子は、それが堪らなく嬉しいらしい。気分だけは、大人の仲間入りだ。

「殿下。何を混ぜているか、御賞味下さい」

ノンアルコールのカクテルだけど、ただのジュースと違って色々と混ぜてあるからね。カクテルではないけど、楽しんで欲しい。

「俺への挑戦だな？」

「そうかもね？」

別に挑戦でも何でもなかったけど、エギエディルス皇子が楽しそうなので乗ってあげた。

何コレ。マジで可愛い。

妙な気合いを入れて、カクテルもどきを飲み始めた弟の隣で、フェリクス王達もカクテルに口を付けた。

「……っ！　ホワイト・ラムか」

ゆっくりと口に含んだフェリクス王の眉が、ピクリと動いた。

「さすがです。こちら〝ブラックデビル〟というカクテルです」

感服しかない。よくホワイト・ラムが入っているのが分かる。

このカクテル、フェリクス王が好きなマティーニに、ひけをとらないくらいキレがあるカクテル……らしい。ブラックオリーブが入っていて、マティーニ同様に高級感が漂う。

「へぇ。黒い悪魔か……面白ぇな」

フェリクス王はニヤリと笑っていた。

ネーミングにも満足している様子である。イベールは無表情だから、良く分からないけど。


しかし、知れば知る程この世界、面白い。

言語については、各国々がほぼ共通みたいだけど、大昔の名残なのか〝方言〟として多種多様の言語が混じっている。

アッチの世界でいう、英語やフランス語みたいな言語が、入り交じっているのだ。だから、地方によっても言い方が違う事もあるらしい。

ブラック=黒のように、同じ意味の単語が存在しているようだ。

「なるほど……マティーニの〝ホワイト・ラム〟バージョンか」

ほのかに舌に香る見知った酒を感じ、フェリクス王は満足気にもう一口含む。

マティーニの、なんて言っている辺り、ホワイト・ラムと何が混ざっているのか完璧に分かっている。二種類だけではすぐにバレてしまうらしい。

「殿下は、何か分かりましたか？」

エギエディルス皇子も一生懸命に、カクテルもどきと格闘していた。

「バカにするなよ？　ククベリーとシャインブドウ……後は」

甘酸っぱさの中に、それを引き締める爽やかな風味を感じ、エギエディルス皇子はピンとくる。

「後は？」

「レモンだろ？」

そう言って、兄王ソックリの笑みを浮かべた。

ますます似てきた気がするよ、エドくん。

「さすがですね？　殿下」

自信あり気に言うから、思わず笑っちゃったよ。

「さて、カクテルは各々御賞味しながら、メインの焼き鳥、鶏肉のモモからどうぞ。右が普通の鶏肉。左がロックバードの肉となっております」

せっかく二種類の鶏肉があるのだから、同じ部位を食べ比べしてもらおうと用意した。

この方が、断然違いが分かる。

「なるほど、食べ比べか」

面白い……とフェリクス王は口端を上げた。

「なんか棒に刺さってんのな」

まずはと、普通の鶏モモを手に取った皇子。持ちやすくて楽しそうだ。

「〝棒〟じゃなくて〝串〟って言うんだよ、エド」

「へぇ〝串〟」

「先が尖(とが)ってるから、気を付けてね」

莉奈は一応注意をしてから、次の準備に取り掛かった。

「んっ～！　食べ比べると全っ然味が違う‼」

一口ずつ交互に頬張(ほおば)ったエギエディルス皇子が、目を丸くさせていた。

基本どちらも美味(おい)しいが、食べ比べると同じ〝鶏肉〟なのにまったく味が違うのだ。

「ロックバードの方が、弾力があって味が濃いな」

フェリクス王も味の違いに、目を見張っている様だった。

「普通の鶏(とり)の方は、脂がさっぱりしている様に感じますね」

イベールも一瞬時を止めていたから、それなりに驚いているとみた。

「ムネ肉もどうぞ」

莉奈は焼き立ての鶏ムネ肉の串を、空になりつつある皆の皿に乗せた。

食べ終えた串は、長めのグラスに挿して貰う事も忘れない。

「ん⁉　ムネ肉の方が全然味が違うな！」

エギエディルス皇子が一番に声を上げた。

そうなのだ。普通の鶏のムネ肉はパサつくんだけど、ロックバードのムネ肉は程よく脂がのっていて、しっとりしている。

比べると本当に良く分かる。

「正直、ムネ肉は好きではありませんでしたが……からあげやこの調理方法だと美味しいですね」

お酒のせいか、美味しい焼き鳥のせいか、普段あまり話さないイベールも実に饒舌である。

「確かに」

王も納得していた。

――って、ムネ肉好きじゃなかったのかよ。

皆さん意外と好き嫌いあったのね。

莉奈は苦笑していた。今まで簡単な調理方法だったから、確かに美味しさ半減な料理もあった。それを言える立場の王族なのに、作ってくれている料理人達に配慮して、言わなかったのかもしれない。

この国の王族、優しすぎだよ。

この国に喚ばれて良かったな……と改めて思う莉奈だった。

「新しいカクテルをどうぞ」

カクテルの入っていたグラスが空になったので、新しいカクテルを王と執事長のイベールに出した。

厳密にいうと、これも本来は食前酒になる訳だけど、途中で出してはいけない作法もないしイイかなと。

「まだあるのか」

フェリクス王の瞳が、再びキラリと光った。

お酒、本当に好きですね？

「先程は〝ブラックデビル〟という名のカクテルでしたが、これは〝リトルデビル〟というカクテルです」

キンキンに冷えているからグラスが曇って見える。オリーブも何も入っていないし、普通のグラスに入っていたら、やっぱりレモン水と間違えそうだ。

「今度は……小さい悪魔か」

面白いな……とフェリクス王は、実に満足気に口を綻(ほころ)ばせた。

対して弟皇子は、俺のは？　って表情をしている。その表情は仔犬みたいで可愛(かわい)い。

「エドスペシャル〝ベリー２〟を御堪能下さい」

可愛いエギエディルス皇子には、〝ベリー2〟というカクテルを出した。

普通の縦長のタンブラーに、細かく砕いた氷を多めに入れて注いである。

もちろん、ノンアルコールのカクテルだ。実際にあるカクテルを大分アレンジしたから、本来の〝ベリー2〟とは違うけど。エドスペシャルって事で。

「……スペシャル」

自分の名前が付いていて感動したのか、なんだか嬉しそうにしていた。

多めに氷が入ったグラスに、タップリと赤いジュースが入っていて、そのグラスの底には、薄切りのライムが沈んでいた。

「底のライムは、その細いスプーンで好みで潰したりして飲んでね？」

細長いスプーンで底を突く様にすれば、薄切りのライムが潰れ果汁が出る。味の変化を楽しんで貰いたい。

「リナ、超最高」

エギエディルス皇子が、感激して惚けていた。

差別せず大人気分にさせてくれる莉奈と、このカクテルに感動していたのだ。

「さて、何が混ざっているでしょうか？」

頭を撫でたい衝動を抑え、莉奈は思わせ振りに笑った。

「その挑戦、受けて立つ」

エギエディルス皇子は嬉しそうに、莉奈に向かって人指し指を差し闘志を向けた。

その横で、兄のフェリクス王が優しく微笑(ほほえ)んでいた。可愛くて仕方がないのは、兄も一緒の様だった。

――むっほ～っ!!

ヤバイ。だれか、写真!!　写真を撮ってくれーっ!!

莉奈はそのフェリクス王の表情に、ドキドキしていた。

◇◇◇

「んんん？　苺(いちご)か？　苺と何だ？」

口に含んで、真っ先に分かったのは苺の風味。

だけど、氷で冷やすと香りが弱まるから、匂(にお)いだけではまず分からない。苺以外の酸味を感じるが、それが何なのか。

エギエディルス皇子はチビチビ飲み、眉をひそめて真剣に悩んでいる。

「イベール。何だと思う？」

そんな弟を横目に見ながら、向かいに座るイベールに問う王。

もちろん、ベリー2の事ではない。お前は自分のカクテルを当ててみろ、って事らしい。この表情からして、自分は分かっているに違いない。

「ホワイト・ラム……後は……」

イベールは無表情を崩さないが、小さく小さく眉を寄せた。

テイスティングしながら、彼なりに悩んでいる。

「この舌にくるキレ……」

国王直々に試され、真剣にテイスティングしている様だった。

そんな中、重圧下ではない皇子は本当に楽しそうだ。

先にエギエディルス皇子が分かったのか、光り輝く笑顔で莉奈に向かって言った。

「ブラックベリーと……何だ？　あっ、ククベリーだ。ククベリー‼　それとレモンだな⁉」

「ブーッ。残念～っ。レモンは入っておりませ～ん」

「うぇぇ～っ⁉　あっライムか！」

「だね～」

そうである。ライムが入っているから、微(かす)かに強い酸味を感じるけど、レモンは入っていない。

ブラックベリーとククベリー。それとハチミツとライムである。

ベリーが二種類入っているから〝ベリー2〟な訳だ。気付いてはなさそうだけど。

「クッソ～！　ひっかかった～‼」

エギエディルス皇子は、実に悔しそうにガックリと肩を落とした。

別にひっかけた覚えは全然ないのだけど、色止めや香り付けでレモンを入れる事が多かったから、これも入っていると勘違いした様である。

「まぁ。ほぼ正解だから。ヤゲン軟骨をあげましょう」

皇子の前に焼き上がった、鶏ムネ軟骨を出した。

見た目は凹んだ二等辺三角形、ヤゲンという名の通り、薬草をゴリゴリ潰すヤゲンの形に似ている。

「ヤゲン軟骨？」

何だコレ？　と首を傾げる。見た目は白い骨。だが、普通の骨より半透明で軟らかそうに見える。

「オイ？」

コンコンと空になった平皿を、指で叩くフェリクス王。

弟に先に渡すのはイイが、自分には何故ないのだと。

「イベールさんの答えが、まだですのでお待ち下さい」

莉奈はチラリと、悩んでいるイベールを見た。

そしてフェリクス王も彼を見れば、イベールは途端に責任を感じ始めたのか、頬がピクリとひきつっていた。

知らない間に、国王と一蓮托生にされて驚いていることだろう。

「うっま～っ‼　何だコレ。コリコリしてて旨っ……痛ぇっ！」

先に食べたエギエディルス皇子が、食べた感想を言うが早いか、フェリクス王の手が弟の頭をわし掴みにしていた。

たぶんだけど……先に食ってるんじゃねぇって事かな？

「イベール」

早く言えと、王から強烈な圧力が掛かった。

「……」

一瞬時を止めたイベール。

異様な緊張感と圧力が、空気を支配する。

アハハ。ただ、焼き鳥を食べるだけなのに大変だ。

莉奈はそんな様子を横目に強靭なメンタルで、焼きたてのヤゲン軟骨をコリコリと食べるのであった。

「コリコリして旨いな」

結果、強烈な圧力に負けなかったイベールは正解を導き出し、フェリクス王の前にもヤゲン軟骨があった。

「……」

イベールは無表情で、コリコリとヤゲン軟骨を食べている。

要らぬ冷や汗を掻いたに違いない。

「この食感すげぇイイ！　リナ、もう一つ！」

ねだる様に言えば、皇子の跳ねっ毛がピョコピョコして、なんだか可愛い。

「エド、焼き鳥は他にも色々あるから、一周してから好きな物を見つけてみなよ」

「わかった‼」

莉奈がそう言うと、満面の笑みで頷いた。

部位は色々と用意してある。先にいっぱい食べてしまうと後が入らないに違いない。

「右からボンジリ、つくね、鶏皮。真ん中のつくねは卵黄に浸けて食べると、なお美味しいよ」

今度は三種類をいっぺんに出した。卵黄はもちろん、小皿に別盛りで。レモンやライム、一味はお好みにして出しておく。

「ボンジリ？」

聞き慣れない言葉に、エギエディルス皇子は首を傾げた。

「鶏のお・し・り」

脂がタップリのってるから、お父さんは胃にもたれるって、お母さんといつも半分こにしていた。

「鳥のケツなんか食うのかよ‼」

目を丸くしてエギエディルス皇子が叫んでいた。

まぁ。お尻なんて聞くと一瞬抵抗感はあるよね。

「脂がのってて美味しいよ?」

莉奈は他のを焼きながら、ボンジリを頬張った。

立ち食いで少し行儀が悪いけど、焼きながらだから仕方がないよね。脂が気になるなら、フェリクス王、イベールは一味。エギエディルス皇子なら、レモンかライムかな?

「うん。美味しい」

脂がイイ具合に落ちて、外は香ばしく中はプリップリだ。

鶏の脂が甘くて美味しい。

「マジかよ」

エギエディルス皇子が不審そうにしている。

だが、その隣では兄王が躊躇いもなく口にした。莉奈が美味しいと言っている以上、美味しいのだろうと妙な信頼があったのだ。

「確かに、すげぇ脂だな」

「でも、美味しくないですか?」

「あぁ。旨い」

「ちなみに、これにはエールが良く合いますよ」

脂っこい物、揚げ物は炭酸が欲しくなると思い、フェリクス王の前にドスンとエールを置いた。

もちろん、ジョッキに入っているしキンキンに冷えている。

「……っ！」

エールまで出てくると思わなかったのか、フェリクス王は一瞬驚いていた。

だが、ニヤリと笑うと気持ち良さそうに、口の脂を洗い流していた。

「私にも」

気持ち良さそうにノドを潤すフェリクス王を見て、我慢出来なかったイベールは思わず言ってしまった。

目の前でゴクゴクと飲まれれば、どうにも我慢が出来なかったのだ。

「どうぞ」

莉奈がエールを出してあげれば、イベールもまずはとボンジリを一口味わい、エールをゴクゴクと飲むのであった。

「……」

エギエディルス皇子は未知なる魅惑の炭酸を、美味しそうに飲む兄を羨ましそうに見ていた。

「エド。そんなに飲みたいのなら、〝炭酸泉〟を探してみれば？」

天然の炭酸水、炭酸泉があるって聞いた事がある。そしてこの国、温泉が湧いているからね。ある可能性はかなり高いハズ。

炭素ガス、いわゆる二酸化炭素が自然に溶け込んでいるのが炭酸泉だ。市販されている人工的な炭酸水ほど、炭酸は強くないと思うけど、微炭酸で案外美味しいのかも。

あっちの世界では、天然のサイダーも売っていたくらいだし作れるんじゃないかな?

「なんだよ、急に〝炭酸泉〟って?」

エギエディルス皇子が、唐突に言い始めた莉奈の言葉に眉を寄せた。

「温泉……お風呂に入って、何か身体がシュワシュワする事ない?」

莉奈は、どう説明したらイイかなと悩んだ後、ふと思い出した。

お風呂にある浴槽に浸かった時、微かにシュワシュワとしたモノを感じた。

今まで余り意識した事はなかったけど、あれは〝二酸化炭素泉〟だからに違いない。なら、この国には天然の炭酸水がある。

詳しくは知らないけど、湧いている所があれば、天然のサイダーが作れると思う。

確かエギエディルス皇子も、自分の宮に造ったと聞いていた。同じ源泉だと思うから、シュワシュワと感じた事はないかな……と。

「ある!」

「それが、炭酸ガス。炭酸泉」

だから余計に、身体がポカポカと温まるのだろう。

人工的に造るのなら、炭酸ガスを注入する道具が必要だけど。ある訳がないから、天然の炭酸泉で作ればイイ。

気体が炭酸ガス、液体が液体二酸化炭素、固体がドライアイスって呼ばれるんだっけ？　水に溶かすと炭酸水な訳で……ややこしいなぁ。

あ～ぁ……こんな事なら、もう少し化学の授業を、マジメに受けとけば良かった。

「……それが何なんだよ」

エギエディルス皇子は、炭酸ガスが炭酸泉と言われても、いまいちピンとこないらしい。眉を寄せ、何だか一生懸命考えていた。

「え～と。私も詳しくは知らないけど。エールの炭酸は、酵母が麦芽のタンパク質を食べて、発酵する時に出来る炭酸ガス。炭酸泉は自然の炭酸ガスが、水に溶け込んで出来たモノ？　で、厳密には違うけど、炭酸泉が見つかれば、エールみたいなシュワシュワのサイダーが作れるよ？」

「……全っ然分からねぇ」

そう言ってエギエディルス皇子は、テーブルに頭を突っ伏した。

説明を聞いたものの、サイダーという飲み物が作れるかもとしか、分からなかった様である。

まぁ、何も分からないのに、いきなり炭酸泉とか炭酸ガスとか言われてもね。正直自分で言っていても、これが正解なのかも分からないし。

「〝サイダー〟以外には出来ねぇの？」

残りのボンジリを口に含み、フェリクス王はニヤリと興味深そうに訊いた。

理解したのかしていないのか分からないが、エールに似たものということで、王のお酒レーダーに引っ掛かったのだけは確かだ。

「……」

げっ……しまった。

エギエディルス皇子が可哀想すぎて、余計な事を言ってしまった気がする。

「リナ」

口を閉ざしたところで、フェリクス王に捕まるよね～。

「リナ」

「ウ、ウイスキーと割れば〝ハイボール〟ってカクテルが出来ますよ」

薄笑いを浮かべた目で見られ、逃げられないと悟った莉奈は諦めた。

やっぱり、この人シュゼル皇子のお兄ちゃんだよ。

「ほぉ？　他には？」

まだあると、莉奈の表情を見て感じた様だ。

「……」

コレ、絶対にあかんヤツだ。

甘味のシュゼル、お酒のフェリクスだった。ついつい忘れていた。

ハイボールは、ウイスキーと炭酸水を好みで割ればイイけど、他には？　と言われるのが面倒くさい。だって、色々と種類がある。

「リナ」

「……」

何にもありませ〜ん……と心で叫んでみた。

「リーナー」

思わず現実逃避していたら、フェリクス王の目が眇(すが)められ、地響きの様な声が一つ莉奈の耳に聞こえた。

もぉ。ハイボールだけでイイじゃん‼

「や……」

「や？」

「焼き鳥……冷めない内にお召し上がり下さい」

莉奈は目も話も逸(そ)らす事にした。

今は焼き鳥がメインだ。お酒は違うんだよ。焼き鳥食えよ‼

「ハハハ……‼」

そんな様子を見たフェリクス王が、面白そうに笑った。

冗談だとしても、自分が睨(にら)んで話を逸らすとは思わなかったのだ。

「なら……後で、ゆっくり聞こうか？　リナ」

どうやら、逃がすという選択肢はないらしい。

「あはは」

もう、笑うしかないよね？

しばらくして、焼き鳥を一通り食べた三人は、実に満足した様子だった。

フェリクス王は鶏(とり)の皮と、ロックバードのネギマ。

エギエディルス皇子は、鶏の皮とヤゲン軟骨。

イベールは、つくねと砂肝が好きみたいだ。

鶏の皮はちなみに、もちもちとカリカリと二種類用意したのだけど、二人ともカリッカリにした方が好みらしい。

エギエディルス皇子が、鶏の皮の毛穴のブツブツ、ブニブニした食感が好きじゃないのは知っていたから、一つは串(くし)に伸ばしてカリッカリに焼いたんだよね。

そしたら、旨(うま)すぎる‼　っておかわりを何度もしてくれた。

カリッカリした鶏の皮は、ものスゴく香ばしくて美味(おい)しい。家族も皆、大好物だった。

フライパンで焼く時は、小さなフタやヘラで押して焼いたり、余分な脂を取ったりで面倒だけど、焼き鳥は下に脂が勝手に落ちるから楽チンだ。

それとレバーが意外に大丈夫だったのには、驚いた……。エギエディルス皇子からは気持ち悪い……と超不評だったのは致し方ないとはいえ、フェリクス王とイベールは平気そうだった。

新鮮な鶏のレバーだったから臭みが少なかったし、炭で焼いたから、香ばしかったのが良かったのかも。醤油（しょうゆ）ダレだったら、なお良かったに違いない。

◇◇◇

エギエディルス皇子は食べ終わると、番の所にご機嫌な様子で向かって行った。竜がもう少しこの環境に慣れたら、会わせてくれると言ってくれた。

イベールは、お酒を飲んでも無表情で変わりなく、職務に戻ろうとしている。

そして……フェリクス王は酔い醒（よざ）ましに、王竜に乗って魔物討伐に行く様な雰囲気だったので……莉奈は全力で止めた。

「飲酒運転はダメです‼」

酔い醒ましに魔物討伐なんて、信じられない‼

普通は、お風呂に入ったり寝たりじゃないの⁉

そもそも、馬と同じで飲酒運転じゃない？　アレ、でも竜は自動運転になるのか？

そんな事を考えながら、気付いた時には自然と身体（からだ）が動き、思わず止めていた。

「……くっくっ。飲酒……運転」

まさか、止められるとは微塵も思わなかったフェリクス王は、腹を抱えて笑っていた。

危険と止められた事はあるが、飲酒運転と止められるとは予想外だ。乗馬や馬車に関しては、飲酒運転を取り締まる法はある。だが、竜にまでそれを適用するとは、思わなかったのである。

まだ、残っていたイベールでさえも、少し驚いた素振りが見えた。彼は危険だと、止めるつもりだったのだ。なのに、莉奈がそんな風に止めたので、驚いた様子であった。

「大人しく部屋で休んで下さい」

部屋に戻る様に促した。どうせ、今日は仕事をしないからガッツリ飲んだに違いないからだ。

「膝枕でもしてくれるのかよ？」

くつくつと面白そうに、フェリクス王が莉奈を見た。

「……っ！　する訳がないでしょう‼」

思わず想像してしまった莉奈は、頬が火照るのを感じていた。

絶対にからかわれていると分かっているが、シレッとどうぞと言える程、冷静ではいられなかった。

「一人じゃ寝られねぇんだけど？」

莉奈の耳元に近付き、さらにからかうフェリクス王。

莉奈が顔を真っ赤にさせ始めたので、いよいよ面白くなった様である。

「なら、そこにいるイベールさんでも、抱き締めて寝て下さいっっ‼」

半歩下がると莉奈は、息が掛かった耳を慌てて塞ぎ、叫ぶように言った。

心臓が破裂しそうなくらい、ドキドキしていたのだ。フェリクス王の低い声も、お父さんとは違う香りにも、なんだか胸が跳ね上がっていた。

「……ハハハ……だとよ、イベール？　寝るか？」

莉奈の暴言も面白いらしい。愉快そうに、傍に控えていたイベールに問う。

「必要とあれば」

イベールは動揺もなく、無表情だった。

「……怖ぇよ」

真面目過ぎるその妙な返答に、フェリクス王の方が呆れていた。

冗談なのか忠義心なのか分からない。

イベールが去ると、中庭はフェリクス王と莉奈の二人きりになった。
部屋ではなく外なのだけど、妙にそわそわする。なんだか胸が落ち着かない。
「陛下は部屋に戻られないのですか？」

というか、戻って欲しい。なぜか弟や執事長イベールがいなくなってもフェリクス王は残っていた。

莉奈が後片付けをしているのを、いつまでも面白そうに見ているのだ。

テーブル席を囲む様にある広い柵(さく)に腰を軽く掛けて。そんなジロジロ見て楽しい事など一つもないハズ。見られているコッチが緊張する。

「天気もイイ。城下町にでも行くか？」

チラリと空を見上げ、フェリクス王は急に突拍子もない事を言ってきた。

「へ？」

莉奈は聞き間違いかと、耳を疑った。

散歩でも行くか？　という軽いノリで、フェリクス王がものスゴい事を言ったからだ。

「今なんて？」

「暇だろ？　城下町に行くか？」

そう言ってニヤリと笑ったフェリクス王。

暇と言えば暇だけど、何その決めつけた感じ。

「暇じゃないけど、行く――――っ!!」

だが、そんな言葉尻(ことばじり)など気にもならないくらい、嬉(うれ)しいサプライズだ。残りの物を慌てて魔法鞄(マジックバッグ)に押し込み、テーブルをゴシゴシとフキンで拭(ふ)く。

竜に乗れないし、まだまだ先かと思っていたよ。

「暇じゃねぇのかよ」

フェリクス王はくつくつと笑っていた。

嬉しそうに笑う莉奈が、案外可愛いと思ったのだ。そして、放り投げず、後片付けはしっかりやる莉奈に、思わず笑みを溢さずにはいられなかった。

「ゲオルグさんの番の部屋の改装やら、他にも色々あるんですよ！」

「改装……そういや、竜騎士から陳情書が届いてたな」

「陳情書？」

後片付けを終え、おしぼりで手を拭いていた莉奈は、眉根を寄せた。

〝陳情書〟とやらが、王の元に届いたとして自分に話す意味が分からない。

「改装費を必要経費にしろってな」

莉奈を見て面白そうにニヤついていた。

彼女が動くと、何かしらやらかす。それが、新鮮で面白い。つまらない日常を送っていたフェリクス王にとって、莉奈はスパイスの様だった。

「あぁ～」

ナンとも言えない。自分は余ってた物や倉庫の肥やしを、再利用させて貰ったからタダみたいなモノだけど。まさか、こんなにブームが広がるなんて思わなかった。

「ありゃあ、金も飛ぶ」

どこかの宿舎でも覗かせてもらったのか、呆れ笑いをしている。

「んじゃ、必要経費って事で」

今後のためにと、莉奈は手を出した。

だってうちの子、暴れたらレースのカーテンなんて、すぐにビリビリだしね。もらえるものはもらっておこう！

「高すぎるわ」

さらに呆れた様に、莉奈の出した手をパシリと叩いた。

◇◇◇

「城下町って事は、竜に乗せてくれるんですか？」

後片付けも終わり、んじゃ行くかという話になった時、莉奈は王竜に乗れるのかとワクワクしていた。

自分の竜にはまだ乗れないのだから、当然そうだと思った。乗り方も知らないし、鞍も作っている最中だしね。

「飲酒運転じゃねぇの？」

フェリクス王はからかう様に言った。

さっき莉奈はそう言って、自分を乗せようとはしなかったハズ。

「自動運転だからイイんですよ」

だって、馬と違って完全に人の言葉や意思を理解しているし。完全サポートでナビ付きみたいなモノでしょ？

「ハハハ……」

そう言うと、フェリクス王は愉快そうに笑い、莉奈の頭をクシャリと撫でた。周りの人と、違う発想が実に愉快だったのだ。

「……で？」

乗るの？　乗せてくれるの？

期待してキラキラとした瞳で見る莉奈。竜に乗れるのなんて興奮しかない。それも、頂点の王竜だ。ワクワクしかない。

「仰々しくなるから、乗らねぇよ」

そんな期待した瞳で見られ、苦笑いのフェリクス王。

王竜なんかで飛来したら、自分が来たと一発で分かってしまう。今回はお忍びなのでそれは避けたい。

期待させて悪かったと少し感じたのか、今度は優しく頭を撫でた。

「えぇっ⁉　なら、まさかの徒歩⁉」

残念と思いつつ、莉奈はビックリしていた。

魔物がいるのに徒歩で山を下りるの？

「歩きてぇの？」

「は？　一般市民には無理でしょう？」

「踵落としするヤツが一般市民？」

それを聞いて、ニヤつくフェリクス王。

最近、食堂のテーブルに落とした例のやつを、イベール辺りにでも聞いていた様だ。

「…………」

莉奈、絶句。

テーブル壊したのバレてるよ。

第5章　ガーネット邸

――――パチン。


「……っ⁉　ちょっ……魔法を使うなら、使うって一言言ってもらえます⁉」

急過ぎるくらい急に周りがグラリと歪み、気付いたら中庭ではなかった。そう、瞬間移動である。

後片付けが終わったのを見計らったフェリクス王は、パチンと指を鳴らした。

莉奈に何も言わずシレッと、瞬間移動を使ったのだ。

「相変わらず、酔わねぇのな」

少しだけフラついた莉奈の肩を、支えつつ感心するフェリクス王。

普通なら気分が悪くなって、吐いてもおかしくはない状況だ。なのに、莉奈はフラつくだけ。感心しかない。

「酔うとか酔わないとか、そういう問題じゃない‼　一声掛けろ――――っ‼」

莉奈は叫んだ。

言うなれば……談笑していたら、いきなり〝レッツバンジー〟と突き落とされた様な気分だ。最悪でしかない。

「ハハハ……っ」

文句を言う莉奈を見て、フェリクス王は愉快そうだった。

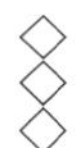

「あれ？　白竜宮（はくりゅうきゅう）？」

笑いながら扉から出て行くフェリクス王に、仕方なく付いて出ると見覚えがあったのだ。

竜には乗らないと言った上で、瞬間移動（テレポート）を使ったから、一気に城下町に飛んで来たのかと思っていた。

「順序があるんだよ」

面倒くせぇが……と言葉尻に聞こえた気がする。

フェリクス王はかったるそうに、ゲオルグ師団長の執務室に向かった。それに、ピヨコピヨコと付いて行く莉奈。

「……」

そんな莉奈にフェリクス王は、少しだけ驚いていた。

莉奈が付いて来た姿にではない。周りの者達の反応にである。

自分の姿を見た近衛師団兵達は、慌てた様に頭を下げて見せた。これは通常通りの風景だ。

だが、いつもと違う事が一つある。皆は莉奈が一緒にいるのに気付くと、頭を下げたまま少しだけ顔を上げ、小さく手を振っていたのだ。

そして莉奈も、小さく笑いながら手を振って返していた。

今までだったら、絶対にない行動である。ソレを許す者も雰囲気もなかっただろう。

厳格な雰囲気の王城。そこで働く者達。

今までもこれからも、この雰囲気は変わる事はないと思っていた。変化があるなど想像もしなかったのだ。

それが、彼女が現れた瞬間から、一気に柔らかい空気に変化した。

笑い声さえ憚(はばか)られたこの王城。それが当然であり、そういうモノだと信じて疑わなかった。だが、それを変えたのは、たった一人の少女だった。

政策や制度、そのすべてを変えるつもりはない。変える必要もない。自身が王である限り、これからもないだろう。

だが、莉奈は違う方法で、父達が創ったこの国を〝変えられる〟と、教えてくれた気がしたのである。

そう思うと、ナゼか無性に莉奈の頭をクシャクシャと、撫で回したい気分に駆られていたのだった。

ゲオルグ師団長の執務室に着いた莉奈は、頬を膨らませていた。

「……」

「怒るなよ」

フェリクス王は莉奈の頭を撫でくり回していたのだ。

そうなれば、莉奈の頭は色々な意味でグシャグシャだ。

「陛下。女性には常に優しくですよ」

ゲオルグ師団長が、ため息混じりに笑っていた。

莉奈の頭と態度を見れば、何となくだが察したのだ。叩いたのなら痛そうにはしても、ふて腐れた様な仕草は見せないだろう。

「お前に、女の扱いを説かれる日が来るとはな」

さすがのフェリクス王も、やり過ぎたとバツが悪かったのだ。

「どうなされましたか?」

ゲオルグ師団長はソファの上座を促し、王が着席すると自分は末席に座った。

呼びつけるのではなく、来たのだ。緊急ではないが、早急な用事があるのかと、推測する。

「リヨンに……」

行って来る、とフェリクス王は口を開きかけ、困った様に笑っていた。補佐官のマック＝ローレンが淹れてくれた紅茶に、莉奈が砂糖を大量に入れてグリグリと混ぜていたからだ。

それは、自分のではなく……フェリクス王のにである。

もちろん莉奈は、王が甘い物を一切受け付けないのを知っている。それを知った上での所業だ。ゲオルグ師団長、ローレンは唖然としつつ、ただ黙って見守るしかない。

「たまには、糖分をお摂りになった方がよろしいですよ？　フェリクス陛下？」

莉奈はにっこりと作り笑いをし、紅茶を王の手前に差し出した。

もはや、収拾がつかないくらいに、髪の毛はボサボサである。乙女の頭は、竜の頭とは違う。丁重に扱って欲しい。

「甘んじて受けてやろう」

ティーカップを掴むとその紅茶を、勢いよく飲み干した。

感情に任せてグリグリ撫で回したことを、少々反省したらしい。

「……え？」

冗談のつもりだったのに、まさかの一気飲み。莉奈は目を丸くした。

「……酔いが醒める」

フェリクス王は口の中に残る砂糖をジャリジャリと噛み締め、思いっきり顔をしかめていたのだった。

口直しに、濃いめの紅茶を飲むフェリクス王に苦笑いしつつ、

「リナとですか？」

とゲオルグ師団長が、チラリと莉奈を見て訊いた。

同席しているのだから、一緒に行くのだと察したのだ。

「刀を見てもらうついでにな」

ソファの脇に立て掛けてある長剣とは別に、魔法鞄に入っている刀を見てもらいに行こうとしていたのだ。

もちろん、王城にもメンテナンスや修復する場所はある。

だが、特別製の武器や防具を修復出来る程の業師、技師がいない。必然的に街に下りるしかないのだ。

「なるほど」

ゲオルグ師団長は頷きながら、莉奈を再びチラリと見やる。

「ん？　何ですか？」

さっきから、ゲオルグ師団長がチラチラと見てくるので莉奈は思わず訊いてしまった。

デカイ身体に似合わず、妙なところでモジモジするのが彼だ。

「リナ、妻と子供によろしく伝えてくれ」

「……？　リヨンに住んでいるんですか？」

　伝えるのはイイけど、ドコに住んでいるのかが分からない。

　というか、聞いたところで初めての街だ。地図を貰ったとしても、たどり着ける気がしない。

「住んでいる……というか、これから行くのが私の屋敷だからな」

「へ？」

　城下町に行くのと、ゲオルグ師団長の屋敷に行くのと、何故繋がるのだろうか？

「転移の魔法陣があるのが、コイツの屋敷なんだよ」

　眉を寄せながら器用に首を傾げる莉奈に、フェリクス王が説明してくれた。

　王城なら、魔法陣もなく簡単に飛べるのだが外は別。シュゼル皇子が設置した魔法陣を使用しないと安定しないのだ。

　だからといって、その辺に設置という訳にはいかない。外部の人間や魔物が、魔法陣に何もしない保証がないからだ。

　もろもろ考慮した上で、安全な場所に設置する事になった。

　では何故、ゲオルグ師団長の屋敷なのか。

　一昨年、彼に子供が生まれたので、シュゼル皇子がいつでも会える様にと設置してくれたらしい。

　ついでに、たまに自分達にも使用させろ……という話だった。

屋敷と一概にいっても、離れに造り配慮をしてある。だから、王達もヒッソリと使用出来るという訳だ。ゲオルグも生まれたばかりの子供に会える、利害が一致したのであった。

これが使えるおかげで、ゲオルグは週に一、二日程度、屋敷に帰っている様だった。

「あ～なるほど。ん？　そういえば、ゲオルグさんの奥さんとお子さんの名前は？」

よくよく考えてみたら、ラナ女官長達にも訊けていなかった。

奥さんの結婚前の行動のインパクトが強すぎたからだ。

「妻がジュリアで娘がロッテ……フフッ」

ニコニコと言ったゲオルグは、目尻が垂れまくっていた。

愛情が溢れに溢れまくっている。

「キッモ」

その不気味な笑顔に、ローレン補佐官が顔を逸らしボソッと洩らしていた。

普段を知っているローレンからしたら、ニコニコではなくニヤニヤして見えて気持ちが悪かったらしい。

「マ――――ック」

「失礼致しました？」

その呟きがゲオルグに聞こえ、ローレン補佐官は表向きだけの謝罪を口にする。

「何か、届けて欲しいモノとかありますか？」

行くついでだし、何か手渡して欲しいモノがあるかな……と莉奈は訊いてみた。

その瞬間、ゲオルグがニカッと笑い、両手を思いっきり広げてこう言った。

「私のこの、溢れんばかりの〝愛〟を‼」

「「「……」」」

莉奈も王もローレンも、この世界に顔文字があったのなら、目が一の字になっていたに違いない。

ゲオルグ師団長の屋敷に行く前に、

「ゲオルグさんのお屋敷にも、これに登録すれば行けるんですか？」

とフェリクス王に訊いてみたのだけど「さてな」と誤魔化(ごまか)された。

以前、フェリクス王にこの魔導具(ペンダント)を貰ったが、色の変化によって行ける宮が違う。だから、何か特殊な事をすれば城外にも行けるのかなと、思ったのだが……。

まぁ、そんな簡単に教えてくれる訳ないか。そう納得した莉奈は、ペンダントを不思議そうに触るのであった。

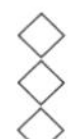

若干ウザくなったゲオルグ師団長に見送られ、莉奈とフェリクス王の二人はガーネット邸の屋敷に瞬間移動（テレポート）した。魔法陣を使用すると、歪（ゆが）みが違う気がする。

グニャグニャがグニャに変わった程度の違いなのだろうが、全然違う。魔法陣は偉大だ。安定させるっていう意味が、改めて分かった気がする。

「ん？　魔法陣が微妙に違う」

光が収まった足元の魔法陣を、莉奈はマジマジと見ていた。

魔法が発動した瞬間、わずかに王城にある魔法陣の〝陣〟と紋様が違って見えたのだ。

形のすべてを覚えている訳ではない。だが、何かが違う気がする。

「どこが違う？」

呟きを拾ったフェリクス王は、面白そうにしていた。

「……比べないと分かりません」

今初めて、この屋敷にある魔法陣を見たのだ。

あれ？　とわずかな違和感を覚えた程度で、どこと答えられる程には分からない。見比べれば別なのだろうけれど。

「……」


分からないと答えたのだが、フェリクス王はどこか満足そうにその場を後にしていた。

莉奈の言う通り、各々微妙に紋様は違う。魔法が発動した瞬間だけ見える紋様もあれば、違う形に変化する紋様もある。それに気付く者は数少ないのだ。

魔法の発動と同時に、独特な身体の浮遊感や目眩（めまい）が襲う。スカイダイビングの最中に、あるかも分からない間違い探しを、やる様なモノだ。

それを、数える程度しか使っていない莉奈が気付いた。フェリクス王は驚くと共に、感心し満足していたのだった。

◇◇◇

ゲオルグ＝ガーネット。

近衛師団長を務める彼は、実は侯爵家の息子だと莉奈は初めて知った。

嫡男ではなく、五男坊なので爵位は継げない。元より文官より武官肌の彼は、これ幸いと軍部に入り師団長にまでなったらしい。

平民とは思わなかったけど、侯爵家の息子とは驚きである。

人は見かけによらないとは、この事だよね？

ちなみに瞬間移動（テレポート）の先は、王のお忍びのためにワザワザ建てた訳ではなく、元々あった屋敷の離れを利用させてもらっている。

その離れは、ゲオルグ師団長が小さい頃（ころ）の遊び場だったとかで、今は家具も何もない。三十畳程の広さの部屋だった。

ここから、庭を挟んで本邸がチラリと見える訳だが、遠くから見ても屋敷はデカイ。

自分の住んでいる碧月宮（へきげつきゅう）と同等か、それ以上に見えた。そう考えると、自分はとんでもない所に住まわせてもらっているんだと、ものすごく恐縮する。


「へ、陛下⁉」

「旦那（だんな）様‼　ビクトール様に報せて来い‼」

扉を開けた時、たまたま居合わせた屋敷の庭師達に見つかってしまった。

咄嗟（とっさ）に目配せし合い、一人だけが報せに走ると、残った数名がフェリクス王に平伏（ひれふ）していた。

この屋敷、ゲオルグの邸宅というより生家、実家である。彼は王城勤めでほとんど帰れないので、実家に妻と子も住まわせているらしかった。

ビクトール様というのは、ゲオルグの父親の事だろう。

「チッ」

それを見たフェリクス王は、面倒くさいとばかりに舌打ちしていた。

いつもなら、こんなヘマしなかったのだが、莉奈がいた事で気が緩んでいたらしい。その舌打ちは自嘲(じちょう)気味でもあったのだ。

報せに行った者は、途中で会った他の者達にも御触れを出したのか、敷地内にザワついた空気が流れ始めていた。

「……」

自分を敬い、崇(あが)めてくれる様な市民の行動を、良しとするのではなく、面倒くさそうにするフェリクス王に、莉奈は苦笑いが漏れた。

当然なモノとして受け入れない、それが彼らしいなと思ったのだ。

「リナ。俺は用がある。先に済ませてくるからココにいろ」

起立の許可を出し、屋敷の主人を待たずにどこかへ行こうとする王。

「はぁ⁉　ちょ、ちょっと待って‼」

思わず敬語も吹っ飛び、止める様に王の服を引っ張った莉奈。

初見でしかも他人の家に、一人置き去りにして行くなんて最悪である。紹介された後だとしても、あり得ない。

「なんだ」

「なんだじゃない‼　私を置いてどこに行くんですか‼」

こんな所に置いて行くなと、抗議する。

「女のお前には用のない所だ」

普段女扱いなどしない王が、面倒くさそうに言葉を吐いた。

「あっ、トイレ……」

ボソリと呟いたら、莉奈の頭にバシリと平手が落ちた。

相変わらず、いいツッコミをしてくれる。

「「「……っ⁉」」」

庭師達は起立の許可が出たのにもかかわらず、莉奈の言動が恐ろしくて震えきっていた。

下手(へた)に動いて、目立ちたくないと身を竦(すく)めていたのだ。

「刀を見てもらいに行くんだよ」

洋服やアクセサリーなど売っているハズのない、武器防具の店に行くのだと説明する。いつも提げている長剣ではなく、魔法鞄(マジックバッグ)に入っている、対魔物用の刀だと。

「……っ‼」

説明を聞いた瞬間、莉奈の瞳(ひとみ)がキラリと光った。

マジか！

武器防具の専門店だと⁉

興味しかないんですけど⁉

「……興味あるのかよ?」

そのエライ食い付きに、フェリクス王は小さく笑っていた。

武器を扱う店に行くと聞いたら、御自由にと返事が返ってくると想像していたのだ。

なのに、逆に食い付いてくるとか、想定外過ぎて笑えたのである。

「興味しかない‼」

莉奈の瞳は、さらにランランと光った。

本物の武器や防具を見られるなんて、こんな嬉しい事はなかった。昔の話か、ゲームの世界の物が、この目で見られるなんて夢の様である。

「お前……相変わらず、変わってやがるな」

思わず言わずにはいられなかった。

武器の話をして食い付く女は、これまでいなかった。コイツも一応女だし、どうせ興味ないと勝手に思い込んでいた。

暇だろうと、後で迎えに来るつもりだったのだ。なのに、驚くくらいの反応にフェリクス王は苦笑いが漏れた。

そして、気付けば莉奈の頭に手が伸び、ナゼか撫でていたのであった。

「陛下!!」

報せに行ってから十分も経たない内に、一人の男性が慌てた様子で走って来た。歳は60代くらいだろうか。

その男性を見て莉奈は思った。絶っっ対にゲオルグ師団長の父親だと。

ゲオルグを短髪にさせ、身長を低くして老けさせたらこの人の出来上がり……なくらい似ている。

「息災か？」

息を切らせてきたビクトール侯爵を見て、王は苦笑していた。

「息災も息災。王城に比べたら暇過ぎですな」

ハハハと豪快に笑う、その仕草までゲオルグ師団長に似ている。

「なら、戻るか？」

「御冗談を。老害は大人しく引き籠っていますよ」

自身を老害扱いしたビクトール侯爵は、再び軽やかに笑った。

この話し方からして、以前は王の身近な重鎮の一人だったに違いない。しかも、ちゃんと分を弁えている。

本当の老害は自分を知らないし、自らを老害なんて決して揶揄出来ないと思う。

「お嬢さんがウワサの……良く来たね」

王と挨拶程度の会話をした後、ビクトール侯爵は莉奈に手を伸ばした。

「リナ＝ノハラです」

カーテシーで挨拶しようと気構えていただけに、変な肩透かしを食らった。高貴な雰囲気はあるのだが、ゲオルグの父親なだけあって、スゴく気さくで話しやすい。

握手しつつ、手がデカイな……と妙なところで驚く莉奈だった。

「美味しいご飯を作る娘だ」

「からあげの娘だ」

ビクトール侯爵の後ろに控えていた者達が、にわかにザワめいた。名前を聞いて、莉奈が何者かが分かった様である。


〝からあげ〟の娘。


莉奈は苦笑いが漏れた。

どこへ行っても、食べ物の娘として浸透しているらしい。私のウワサは食べ物以外にはないのか。

それはそれで、なんかイヤだな。

「リナ嬢。ここを我が家だと思って、いつでも来るといい」

ビクトール侯爵はそう言って、高々と笑った。

「……」

リナ〝嬢〟。そんな呼び方までソックリだ。

ゲオルグ師団長もそうだけど、気さくを通り越して、ナゼにここまで親切にしてくれるのかが分からない。部外者は入るなって追い出したりする方が、普通ではないのかな？

「ビクトール。悪いが小一時間、コイツを預かってくれ」

フェリクス王は、莉奈の襟首をヒョイと掴(つか)んでビクトール侯爵に渡した。

ネコじゃないんだから掴むな‼　と横で抗議する莉奈を無視して、二人は話を進める。

「御意に」

「武器屋‼　武器屋はどうした‼」

あれほど行きたいと言ったのに、完全に無視しサクサク決めるフェリクス王にさらに抗議をした。

「メンテナンスには時間が掛かる。後で連れて行ってやるから、大人しくしてろ」

フェリクス王はネコどころか暴れ馬な莉奈が面白く、ドウドウと抑える。

「絶対ですよ⁉」

噛(か)みつかんばかりの莉奈に、フェリクス王は笑っていた。

仮にも女である莉奈が、武器防具の何にそんなにも、興味を惹(ひ)かれたのかが分からない。

分かった分かったと右手をヒラヒラとさせ、王は街に出るために、屋敷とは真逆の方に向かって行くのであった。

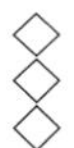

フェリクス王が見えなくなると、ビクトール侯爵が邸宅へと案内してくれた。

一般市民の莉奈を、まるで賓客の様に迎え入れてくれるガーネット侯爵家の人々。

莉奈は頬がピクピクと、ひきつりまくっていた。

ナゼ、王の連れというだけでは説明が付かないくらい厚待遇なのか。裏が無さすぎるのも逆に怖い。

何十畳あるの？　ってなくらい広い応接間に案内されて、フカフカのソファに座った莉奈。

紅茶の味なんて感じないくらい緊張……はしないけど、恐縮してしまう。

「オルちゃんは元気ですか？」

莉奈が紅茶を飲んで一息吐いていると、脇から女性が声を掛けてきた。

「オル……？」

誰だよソレ？

声の方向を向くと自分と背丈が同じくらいの可愛らしい女性が、にこやかに微笑んでいた。

「私のオルちゃん。ゲ・オ・ル・グ」

フフッと口に手を添え、上品そうに微笑む。

——ブフッ。

オルちゃんって。

莉奈は思わず紅茶を吹き出すところだった。

「オル……ゲオルグさんは元気ですよ？　奥様によろしく……溢れんばかりの〝愛〟を届けてくれと言われました」

〝オルちゃん〟って呼ばれているんかい。

この人が奥さんだと気付いた莉奈は、笑わない様に気を付けつつ、ジュリアにゲオルグの大き過ぎる愛を伝えた。

「まぁ、嬉しい」

ポポッと頬を赤らめるジュリア。

その可愛らしい姿は、ゲオルグを食べた様にはまったく見えない。

モジモジしながら、ジュリアはチラリと莉奈を見た。

「浮気とか……してたりは？」

「する訳がないと思いますよ？」

だって、ジュリアさんとかの話をするゲオルグさん、軽く引くくらいデレデレだもん。浮気なんて絶対にない。

「ならイイのだけど……万が一……万が一だけど、女性の影がチラついたりしたら……」

ジュリアが不安そうな表情をしながら、スカートをゆっくりとたくし上げた。

はい？　何してるのかな？　脚はキレイだけど。

突如スカートをたくし上げたジュリアに眉(まゆ)をひそめつつ、スラリとした脚はキレイだな……と見(み)惚(と)れていると、

「これでプスリとヤっちゃって？」

太股(ふともも)に着けてあるガーターベルトからナイフを取り、莉奈に手渡そうとしてきた。

「へ？」

——怖っ‼

こわいコワイ怖い恐(こわ)い‼

ジュリアさん超コワイんですけど⁉

なんでそんな所に、ナイフなんか隠し持ってるのかな⁉

「いやいやいや……ゲオルグさん浮気なんかしませんって‼」

っていうか、プスリとヤっちゃって、って私がヤルんかい‼

「万が一……もあるから」

受け取れとばかりに、グイグイと超食い気味にナイフを押し付けるジュリア。

「万が一も二もないですって‼」

全身で拒否する莉奈。ヤダヤダ恐いよ、この人‼

ヤルにしても自分でヤって下さい‼

「〝二〟がある」

そう言ったジュリアの目は、暗殺者の様だった。

莉奈は確信した。

ジュリアは確実にゲオルグを食べた人であると……。

「ハハハ。ジュリアは大袈裟(おおげさ)だな。ゲオルグが浮気なんかする訳がない」

一度姿を消したビクトール侯爵が、幼い子供を抱きながらやって来た。

クリクリした大きな瞳(ひとみ)で赤茶色の髪の、可愛(かわい)い子だ。雰囲気からして、ゲオルグの愛娘ロッテだと思う。

「義父様(おとうさま)。それは分かりませんわ。だって――」

困った様にビクトール侯爵をチラリと見て、ジュリアは言った。

「だって?」

「義父様の息子ですもの」

「……」

ジュリアのイイ笑顔にビクトール侯爵は、次の言葉を飲み込み固まった。

「……」

その様子を見てしまった莉奈も、もれなく固まっていた。

だってビクトール侯爵、反論するどころか目が泳いでるんだもん。

「そ、そうだ。私は仕事が残っていたな、うん。リナ君、ゆっくりしていきたまえ」

ビクトール侯爵はバツが悪いのか、ジュリアからの圧の籠(こも)った視線に耐えきれなかったのか、ハハハッと笑った。

そして、渇いた笑い声で誤魔化(ごまか)すと、ロッテをジュリアに預け、足早に出て行ったのである。

ジュリアさんにタジタジだな。ビクトール侯爵も……。

莉奈は呆気(あっけ)に取られつつ、その背を見送った。

「コレ。預かっておいて貰(もら)えますよね？」

娘のロッテを抱いたジュリアが莉奈の向かいに座り、例のナイフを滑らせてきた。

「……え？　いや」

子供の前でなんてモノを出しているのかな？

なんだろう。背中から脂汗が出てきたよ。

「イヤ？」

「あ、預からせて頂きます！」

有無を言わせない圧に莉奈は屈した。

だって、命は大切だからね。

怖くて話が弾む訳がないと思っていたけど、ゲオルグ師団長さえ関わらなければ、ジュリアは至って普通の奥様だった。

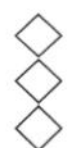

話を聞いていると、ゲオルグ師団長の実父ビクトール侯爵は、中々の女好きで有名だった様である。

現在、王族以外は一夫一妻制ではあるけど、数年前までは一夫多妻制だったみたいで、ビクトール侯爵も当然の如く多妻。

それを知っているジュリアは、気が気でないらしい。

外見、性格、雰囲気が似ているから余計に心配な様だった。

ちなみに正妻は現在外出中。ショッピングに行っているとか。それと正妻以外の奥方は、この屋敷に住んではいない。別邸にいたり離縁したり、様々な様である。

「ところで、リナはオルちゃんとはどの様な関係で？」

――ブフッ。

とんだとばっちりがきた。

「ど、ど、どんな関係もこんな関係も、ないですよ⁉」

莉奈は、ジュリアの刺す様な目に焦りまくっていた。身振り手振りで違うと否定する。

「ふふっ。冗談よ」

ジュリアは口を押さえて、上品そうに笑った。

「……」

冗談キツイですよ。ジュリアさん。

ホッとしたのも束の間。

「だって、リナは陛下の〝特別〟ですものね？」

ジュリアは特大の爆弾を投下した。

「ブッフ────ッ‼」

莉奈はとうとう堪らず紅茶を吹き出した。

フェリクス王の〝特別〟ってナニ⁉

「あら。大丈夫よ？　この屋敷では義父様と、私しか知らないから」

ジュリアは思わせ振りに、ニッコリと微笑んだ。

ど、どゆこと⁉　ナニを知っているのかな⁉

っていうか……特別ってナニ────ッ⁉

「……」

莉奈は顔をひきつらせながら、器用に固まった。

違うと叫びたいが、そうしたらそうしたで、ではあなたはゲオルグのナニ？　と返しがきても困る。猛否定してゲオルグ師団長との、ありもしない関係を疑われたら血を見そうだ。

ナイフを渡したのも、案外自分に対する牽制（けんせい）の様な気がしてきた。


「ロ、ロッテちゃんはおいくつなんですか？」

莉奈は、話題を変える事にした。

ジュリアの前でフェリクス王の話はしないでおこう。何か盛大な勘違いのまま、話が広がりそうだ。

「2歳になったばかりよ？　ロッテ、お姉ちゃんに挨拶（あいさつ）は？」

ジュリアは膝（ひざ）に座らせた愛娘を、莉奈に向けると優しくポンポンと促した。

「かりゃあげっ！」

「……」

あどけなくて可愛いロッテの口からは、挨拶とはかけ離れた言葉が出てきた。

——可愛いなぁ。かりゃあげって。

「からあげ！」

たぶん〝からあげ〟だと察した莉奈は、とりあえず軽く手を挙げ挨拶を返した。

これがゲオルグ家流だと、思う事にする。

「この間までオルちゃん達、リナのからあげとチーズオムレツの話でもちきりだったから……なんだか、覚えちゃって」

ジュリアは娘の頭を撫でながら、苦笑いしていた。

食べ物の名前から、ドンドン覚えていっているらしい。そりゃあ複雑だよね？　だけど、からあげは挨拶ではないよ？　ロッテちゃんや。

「そういえば、オルちゃんが言っていたのだけど……家で作るからあげは、リナが作るからあげとは全然違うって呟いていたのよね。何が違うのかしら？」

娘が言ったからあげで思い出したのか、ジュリアが首を傾げた。

夫ゲオルグの言う〝からあげ〟を食べた事のないジュリアは、何が違うのかが良く分からないのだ。

「さぁ～？」

と言いつつ莉奈は、エギエディルス皇子の言うところによる、カリカリ度が違うのでは？　と推測する。

大量に揚げると、油の温度が一定にならないから、ベチャベチャになりがちだ。それを補うために、二度揚げなる工程がある訳だけど……それでも中々上手く揚がらないのが、からあげのムズカシイところ。

量が少なければ低温からじっくり揚げれば、簡単に衣がカリッと揚がる。だけど……大人数向きではない。

「かりゃあげ！」

何を言っているか分からないロッテが、楽しそうな声を上げていた。手をパタパタさせていて、なんだか可愛い。

「厨房をお借りしてよろしければ、試しに私が作ってみましょうか？」

ジュリアのねだる様な瞳と、可愛いロッテにほだされた莉奈は思わず口に出していた。

ひょっとしたら、チョイチョイお世話になるかもしれないし、賄賂もかねて作ろうと考える。

「……っ！　お願いします‼」

ジュリアの表情がキラキラっとした。

アハハ。ロッテちゃんに似て可愛いや。


ゲオルグ師団長のガーネット邸の厨房も、王宮程ではないがやはり広い。二、三十畳はありそうだ。

あっちの世界では、六畳くらいの台所しか使った事がなかったから、オープンキッチンはオモチャ箱みたいで面白い。冷蔵庫や食糧庫はビックリ箱の様だった。

「そうだった！　二度揚げするんだった」

「片栗粉だと、カリカリだな！」

「小麦粉と混ぜてもイイのか！」

莉奈が厨房でからあげを作れば、もれなく味見になる訳で……。

二度揚げ以外のカリカリになる方法を教えたり、小麦粉以外の粉でもからあげを揚げてみたりして、気付けば厨房の皆と食べ比べ大会みたいになっていた。

「やっぱり、本家本元のからあげは違うな！」

「衣が美味(おい)しい‼」

「鶏肉(とりにく)がジューシー‼」

莉奈が次々と揚げるからあげを、皆が頬張(ほおば)り、目を見張りながらも笑顔が漏れていた。

美味しい物を食べると、皆笑顔になるよね。氷の執事長イベールは別だけど……。って言うか、本家本元ってなんだろう？

しかし、この国で出会う人達は本当に温かい。新参者と厄介払いしないどころか、実にフレンドリーだ。そもそも悪い人に会う機会がないだけかもしれないが。

「かりゃあげーっ！」

「コラコラ。あなたにはまだ早いの」

配膳(はいぜん)用のカウンターから、ロッテを抱いたジュリアが顔を出していた。

このカウンター、実は最近までなかったとか。莉奈が王宮で、カウンターの様に使っているのを、見ていたゲオルグ師団長が、便利で楽しいと作らせたそうだ。

ロッテちゃんも楽しそうだから、皆も口が綻んでいる。

「あっつ、ん。美味しいっ……衣が全然違う」

出来立てホヤホヤのからあげを食べたジュリアが、顔を綻ばせ驚きの声を上げた。

いつもと違うカリカリのからあげに、ジュリアもご満悦の様子だ。

「かりゃあげ――っ！」

「あ～もぉ。暴れないの」

腕に抱かれたロッテは、頬を膨らませて手足をバタバタさせていた。

母親が目の前で、からあげを食べているのが不満みたいだ。

「ロッテちゃんって、アレルギーとかってありますか？」

なんだか弟の小さい頃と重ねた莉奈は、ロッテを見ながら口が綻ぶ。

知らないで食べさせちゃうと、アレルギーは怖い。消化器官がまだ発達していない内は、色々と良くない物も多い。

ハチミツやチョコレートなんて、この年齢だと早かったハズ。まぁ、チョコレートなんてないけど……。

「え？　アレルギー？」

「卵や小麦粉を使ったご飯を食べて、痒くなるとか、発疹とか出るとか？」

「ええ。ないわよ？」

アレルギーが何なのか分かったジュリアは、少し考えた後に答えた。柔らかいパンはあげた事がある様だった。

「ん〜。なら、ロッテちゃんのために、マフィンでも作ろうかな」

確かロッテちゃんくらいの歳(とし)なら、牛乳も少しなら平気だったと思う。

「マフィン？」

「お菓子」

〝マフィン〟なんて言ったところで分からないよね。

「え？　この子にはまだ、早くないかしら？」

お菓子なんて聞いたジュリアは、心配そうに言った。

幼児食を食べている幼い子供に、味の濃い物や甘い物は不安みたいだ。

「小さい子供でも食べられる、ニンジンとバナナのマフィンです」

弟が小さい時に、母親が作っていたお菓子だ。

ハチミツや砂糖なんて、もちろん使わない。

「かりゃあげ‼」

うん。ロッテちゃん、からあげは違うからね？

「ニンジン……この子、ニンジンなんて食べないわよ」

食べる本人ではないのに、ジュリアが渋い顔をした。

幼児食をあげる様になったみたいだけど、ニンジンは食べないらしいとか。どの世界の子供もニンジンは苦手ですか。

エギエディルス皇子はシチューやスープに入っているのは食べて……と考えて、莉奈は思い直した。あの子、嫌いでもガマンしちゃう優しい子だったなと。

「ニンジンの味なんて、ほとんどしませんよ」

うっすらと生地がオレンジ色にはなるけど、味はバナナが強いから、分からないと思う。

「試しに作りますから、まずはジュリアさんが味見してみて下さい」

いくら旦那(だんな)のゲオルグ師団長から、自分の事を聞いていたとしても、初めて会った人間だ。その赤の他人が作った物を、大切な我が子に与えるのは不安だろう。

だから、まずは母親がどんな物か確認した後で、あげるかどうか判断してもらって全然構わない。

よし、作りますか……と気合いを一つ入れ、莉奈はマフィンを作る事にした。

「では、可愛いロッテちゃんのために〝ニンジンとバナナのマフィン〟を作りたいと思います」

――パシパチパシパチ。

なんだか全然分かっていないと思うけど、カウンターから見ているロッテから小さい拍手が送られた。

自分の名前が出たので、喜んでいるのかもしれない。

時々変な音がしてるけど……ロッテちゃん、可愛いなぁ。

「まずは、ニンジンを乱切りにして、柔らかくなるまで茹でます」

小鍋に水を張り、乱切りにしたニンジンを入れて火にかけた。

簡単にフォークが刺されば、ニンジンは茹で上がりである。

「ふむ」

ガーネット家の料理長が、メモを取りながら聞いている。

王宮の料理長リックとは違って、かなり年齢が上だ。ビクトール侯爵と近い感じ。

「茹で過ぎても全然問題ないです」

固い方が問題だからね。

「バターは常温に戻して柔らかくしておきます」

この世界にはないみたいだからイイけど、マーガリンは脂？　が入っているからダメらしい。消化に良くないとかなんとか……。

「後は、牛乳と卵、薄力粉を使うので用意しておく」

ニンジンが茹で上がるまで、ボウルやザル、泡立て器とか色々準備しておく。

本当はここに、ベーキングパウダーも入れるのだが、説明が面倒くさいから止めた。

だって、王宮で言った時、食用と掃除用がある事とか、アルミニウム入りはダメとか、なんだかんだ説明をするハメになった。

王宮の皆程、説明して理解してくれるとは思えない。

「体力に自信のある人いる？」

莉奈は挙手を求めた。

ベーキングパウダーを入れなくても、味には支障がない。

でも、食感がね？

ふっくら、ふわふわな感じが欲しいので、メレンゲを代用として作って貰う事にする。

メレンゲは面倒……だが、人はいっぱいいるし、任せちゃえばイイ。だって、ふわふわは大事。

「あるっちゃあ、あるけど……何？」

そう言いながら、マッチョの料理人が現れた。

ゲオルグ師団長には負けるけど、イイ二の腕をしている。だが、個人的な好みを言えば、フェリクス王の様な細マッチョが……。


――わ――っ‼

私は今、何を考えたかな⁉

莉奈はブンブンと頭を振って、変な妄想を頭から強制的に追い出した。

「卵白を泡立てて、メレンゲという物を作って欲しい」

皆の「お前どうした?」という不審な目を笑って誤魔化し、メレンゲの説明をしてお願いした。

「分かった」

苦笑いしたマッチョは、莉奈に手渡された泡立て器で卵白を泡立て始める。

面白い子だと、ここの人達にも思われたに違いない。

「さて、ニンジンが柔らかく茹で上がったら、ザルで濾す」

莉奈は濾し器がないので、ニンジンをザルで濾し始めた。

ミキサーがあったら簡単に出来る。牛乳、卵、ニンジン、バナナ、バターを全部入れて、スイッチオン。超簡単。

「料理長さんは、バナナを濾して貰えますか?」

「ザックだ」

「では、ザックさんお願いします」

難しくはないので、手伝って貰う事にした。

だってコレ。ロッテちゃんが気に入れば、次からはザックさん達が作るのだろう。

「卵と牛乳も撹拌しておいて貰えますか?」

手空きの料理人にも、違う事をお願いした。

「了解」

そう言われた料理人は、莉奈から卵や牛乳を受け取ると、カシャカシャとボウルで混ぜ始めた。

「濾したニンジンに、常温に戻しておいたバターを混ぜて……良く混ざったらバナナを入れて、さらに混ぜる」

ロッテが食べても、口に固形物が当たらない様にしっかりと混ぜる。

このグリグリと混ぜる感覚、好きなんだよね。疲れるけど。

「で、ダマにならない様に混ぜながら、ゆっくりと卵と牛乳の液を入れる」

あ～ミキサーならいっぺんで済むのに‼

「小さい子供が口にするから、この混ぜた物をもう一度ザルで濾す」

ミキサー欲しい‼

莉奈が内心ウンザリしながら、丁寧にザルで濾していると、ザック料理長達から、ため息が漏れた。

「離乳食以上に手間がかかるな」

「大人用なら適当でイイんじゃないですかね？」

「スプーンでザックリと潰せばイイんじゃない？」

アハハ。なんだか勝手に、大人用も作る話になっているよ。

「最後に、ザルでふるった薄力粉を混ぜ、メレンゲを何回かに分けて、空気を潰さない様にザックリと混ぜたら生地の出来上がり」

「へぇ。なるほど、卵白をこんな風に使うんだ」

「ニンジンとバナナを混ぜると、どんな味がするんだろう？」

「粉までふるうのかよ」

「卵白フワフワだけど、すげぇ大変だし」

「うっわ。面倒くさっ！」

料理人の色々な呟き（つぶや）が、背後から聞こえていた。

卵白をガシャガシャと泡立てて、おまけに薄力粉まで丁寧にザルでふるうものだから、ウンザリしている様に見える。

まぁ、お菓子は特にやる工程が多い。これでも、少ない方である。

「じゃ最後に、耐熱の容器に軽くバターを塗って、生地を半分くらい流し入れたら、オーブンで約二十分焼くよ」

説明しながら莉奈は、マフィン生地を入れた横長の耐熱容器をオーブンに入れた。

油を引きたかったけど、食用油が子供に良かったかまで、覚えていなかった。だから、一応バターにした。


「……甘い……イイ香り」

「はぁ。どんな味がするんだろう」

「全然想像がつかないけど、匂い（にお）がすでに旨そうだし」

マフィンを焼いていると、厨房には段々と甘い甘い香りが漂い始めた。クッキー程ではないけど、この甘い香り堪らない。

待ち遠しいと料理人達が、鼻をスンスンさせている。

「ん〜ん〜」

ロッテも甘い香りに、気付いたみたいだ。

甘い香りの場所をキョロキョロ探しながら、文字通り指をくわえて待っている。

瞳がキラキラして可愛いけど、ヨダレが溢れて垂れている。

母ジュリアは、マフィンを焼いているオーブンに夢中で、まったく気付いていないし……ちょっと、誰かハンカチ‼

◇◇◇

——チン。

オーブンが小さく鳴いた。マフィンが焼き上がった様だ。

このオーブンの音が鳴ると、莉奈はなんだか懐かしくなる。あっちの世界とどこか似ている事が、スゴく嬉しい。

莉奈はマフィンがしっかり焼けているか、竹串で確かめた。ちなみにコレ、焼き鳥の時の残りの串(くし)。

「リナのその鞄(かばん)、魔法鞄(マジックバッグ)だったのか！」

さっきから、色々とチョイチョイ出しているのを見ていた料理人が、確信した様に言った。

国宝級に近い魔法鞄(マジックバッグ)に、感嘆の声が漏れていた。中にはウワサでしか知らなかったのか、マジマジ見ている者もいる。羨(うらや)ましいみたいである。

「ん。よし、焼けたみたい」

莉奈は竹串を見て、満足そうに頷(うなず)いた。

マフィンに刺した竹串には、生地がくっついてこなかった。中までしっかり焼けた証拠だ。

ベーキングパウダーの代わりに、メレンゲを使ったけど、しっかりとふくらんで出来た。

少し型にくっついていたから、周りにナイフを入れて切り離し、型から外す。焼き立ても美味(おい)しいけど、少しあら熱をとってからの方がしっとりしてイイと思う。まぁ好みでしょ。

パウンドケーキだと、ブランデーを染み込ませたりも出来るから、フェリクス王でも大丈夫かな。

それでも「甘ぇ」って言うのかもしれない。

「ジュリアさん、マフィンをどうぞ」

型から外したマフィンは、皆も食べられる様に一口サイズに切り分けた。お試しだから、ジュリアさん達以外は一人一欠片くらいしかないけど。

なんか皆は作る気満々だったし、足りないのなら勝手に作るだろう。砂糖を使わないから、量も作れるはずだ。

「ん。上出来」

久々に作ったマフィンを、莉奈はさっそく一口。

スポンジ程ふわふわではないけれど、しっとりしていてコレはコレで美味しい。ほんのりオレンジ色の生地。味はほとんどバナナの味だけど、甘過ぎず優しい味だ。

まぁ……個人的には生クリームとかハチミツかけたい。なんなら、ククベリーを散らして甘酸っぱさも演出したいところだ。

「……っ！　美味しいっ‼　砂糖独特の強い甘さじゃなくて、バナナとニンジンの優しい甘さがするわ」

カウンター越しに、皿に乗ったマフィンを貰ったジュリア。

ロッテの存在をほとんど忘れ、一口食べると目を丸くしていた。

砂糖を入れなくても、こんなに甘さを感じるとは思わなかった。バナナ風味のパンだと想像していたのだ。

「あ～っ‼　まんまーっ‼」

腕に抱かれたままのロッテは、バシバシと母親を叩(たた)いて主張していた。先に食うな、無視するなと怒っているみたいだ。

「はいはい。ロッテ、あ～ん」

一つ摘まんで、ロッテの口元にチラつかせる。

「あっあ～」

ロッテは口を近付けるのではなく、奪おうと手を伸ばした。

「やっぱり、あげな～い」

その瞬間ジュリアはその手をサラリと退けて、おあずけし自分の口にパクリと入れた。

あ～美味しいとご満悦な表情のジュリア。それとは、完全に対照的な娘ロッテ。

「ギャ――――ッ‼　かりゃあげ――――っ‼」

ツッコミ所満載のロッテが、怒って叫んでいた。母親の肩や胸を、パシパシ叩いている。

そんなロッテを見ながら、〝からあげ〟じゃなくて〝マフィン〟なんだけどね？　と莉奈は心で
呟く。彼女的には食べ物なら、なんでも〝からあげ〟なのかもしれない。

「んんっ。確かに優しい甘さだな」

「砂糖を入れなくても甘いのがイイ！」

「ニンジンの味は全然しないな」

「バナナの甘さがちょうどイイ」

「って、一口じゃ全然足りないわよ」

「砂糖いらないし、もっと作ろう！」

「「ザックさん、復習もかねて作りましょう‼」」

料理人達は、砂糖を使わないお菓子に大盛り上がりである。

一口もない、味見程度のマフィンでは全然足りないと、ニンジンを大量に茹で始めていた。

「おぉっ⁉」

一方、主役であるロッテは、やっとマフィンを一つ貰い、目を丸くしている。

初めての甘さと食感に、パチクリさせていて、スゴく可愛い。

「ロッテ。美味しい？」

と言いつつジュリアも、もう一つパクリと口に放り込んだ。

「マ～マ～、め、ちょか」

もはや何を言っているのか、分からないロッテ。

モグモグしながら、マフィンを触ったベタベタの手で、ジュリアの口をまさぐっていた。食べるな！　と、言っているのだろうか？

「ちょ、ロッテ。待ちなしゃい！　顔がベッタベタににゃる」

喋っている最中に、娘ロッテに口を弄られ、ジュリアは言葉遣いが変になっていた。

口を弄るロッテ。ヤメてと困惑するジュリア。

「「アハハ！」」

そんなジュリアとロッテ親子の可愛らしい攻防に、莉奈達は微笑ましくなるのであった。

第6章　城下町

ヴァルタール皇国の首都【リヨン】。

王城の南側、山肌に広がる城下町。王都と呼ばれている。

レンガ造りの街並み。人の行き交う整備された街道。夜にはきらびやかに街を照らすだろう街灯。

莉奈の知っているヨーロッパの街並みが、目の前にあった。

「ほぇ〜」

莉奈はアホみたいに、口が開いたままになっていた。

小学、中学校の修学旅行は国内。高校に至ってはここに召喚されたから、行っていない。

なにコレ。修学旅行みたいで超楽しいんですけど⁉

莉奈はウキウキだった。胸が高鳴るのをどうにも抑えられない。

アッチの世界の、修学旅行の積み立て金がどうなったのか、この期に及んで気になったのはご愛嬌だ。

目の前に広がる城下町に、莉奈は心を奪われていた。

――今から、約十分程前。

フェリクス王が屋敷に戻って来るなり、莉奈を見て呆れ顔をしていた。

モグモグと何かを食べていただけでなく、小一時間前に初めて会ったばかりのガーネット邸の皆と、仲良くしていたからだろう。

ガタガタと顔面蒼白で膝を折るジュリア達をよそに、王は人差し指をチョイチョイとした。莉奈を呼んでいるのだろう。

「じゃあ。いってきますね～」

残りのマフィンを頬張ると、莉奈はパタパタと王の元に向かった。

「アレ？」

莉奈は、フェリクス王の服装が変わっていることに気付いた。黒が基調なのは変わらないが、いつもの法衣はなく、上半身はノースリーブのベストを着用している。

来た時にはいつもの服装だったハズ……。先に用を済ませると言っていたから、その時に着替えたのだろう。

「なんだよ？」

ジロジロ見ていたので、フェリクス王が怪訝そうな顔をしていた。

「きっ、着替えたんですね」

「あの格好は目立つからな」

「そ……うですか」

莉奈は思わず顔を逸らせた。フェリクス王の服装がいつもと雰囲気が違っていてドキドキしたのだ。チョイ悪の剣士風の姿がものすごく似合っていて悔しいくらいにカッコいい。

「いくぞ」とフェリクス王が声を掛けてくるまで、莉奈はあまりのカッコよさに、下を向いていたのであった。


ビクトール侯爵に借りた馬車に揺られる事、約五分。

ガーネット邸の門扉が開かれ、街に出たのである。馬車は門扉までで、今は降りて徒歩で街並みを見ていた。

そういえば、今の季節は夏と聞いていたが、日本の夏ほど暑くは感じられない。

街にも木々がたくさんあるし、街のすぐ外側には森が広がっている。そのおかげか、熱風というほどの暑さはない。

カラッとした暑さ。ねっとりとした湿気が、肌にまとわりつかない。日陰に入ればそこそこ涼しい。

「口に虫が入るぞ?」

ポカンと口を開けたままの莉奈を見て、フェリクス王は笑っていた。

仮にも王宮に住んでいる莉奈が、今さらこんな事で驚くとは思わなかったのだ。瞳(ひとみ)を子供の様にキラキラさせている彼女には、フェリクス王もついつい頭に手が伸びていた。

「陛――ブフッ」

陛下と呼ぼうとして、莉奈は大きな手で口を塞がれた。

「街でそう呼ぶとかアホか」

フェリクス王が小さく笑っていた。

「なら、ナンて呼べばイイんですか？」

確かに人が行き交う街中で〝陛下〟はマズイよね？　定番だと偽名だけど。

「〝フェリクス〟と呼べ」

フェリクス王は腰を曲げると、莉奈の耳にそう言ってニヤリと笑った。

――ボン。

その瞬間、莉奈の顔は真っ赤に染まった。

フェリクス王の声が耳に掛かった事はもちろんだが〝フェリクス〟と呼べと言われ、何故か無性に顔が火照ったのである。

「リナ」

呼んでみろと云わんばかりに、フェリクス王は口端を上げてみせた。

いつも飄々としている莉奈の表情の変化が、面白くてからかいたくて仕方がなかった。

「な……」

「な？」

「名前だってバレるでしょう⁉」

名前で呼べば、市民に王だとバレるのではと反論してみる。

「バレねぇよ。この国じゃあ〝フェリクス〟なんて良くある名前だしな」

弟のエギエディルスならまだしも……と返ってきた。

「……」

「ほら。呼んでみろ？」

ホレホレと王は莉奈の顔を面白そうに見て、促していた。

このヤロウ。楽しんでるな‼

莉奈は睨んでみたものの、楽しそうな王に撃沈。

言わなければ話が前に進まないどころか、観光もさせない気らしい。

「ゲイリー！　そうだ陛……あなたは今からゲイリーだ‼」

莉奈は指を差し、そう勝手に決め付けた。

〝フェリクス〟なんて恥ずかしくて呼べるか――っ‼

「あぁ？　どこからゲイリーがきた？」

片眉を上げ納得いかない様子の王。

「ゲイリー顔だから‼」

深く追及しないで欲しいとばかりに、莉奈はそっぽを向いたのだった。

〝ゲイリー〟顔だから、なんてアホみたいな理由が通る訳もなく、妥協策として〝フェル〟でお願いします……と、土下座覚悟でお願いした。

その方が、まだ多少、動悸が治まるかなと思ったからだ。

試しに「フェル」と呼んでみれば、莉奈は自分から発したその響きに、ボボボッと顔がさらに火照っていた。

うっわ！　良く考えたら〝フェル〟って〝愛称〟じゃん!!

何故、自分でハードル上げたしっ!!

うわぁうわぁと莉奈は一人で、勝手に悶え自爆していた。

「……」

フェリクス王は莉奈が試しに呼んだ愛称を聞くと、何故か口を押さえ横を向いていた。

やっぱりいきなり、愛称で呼ぶのは良くなかったよね!?

莉奈が不安そうに覗くと、フェリクス王の困った様な表情がそこにはあった。

――――キュン。

な～に～その表情!!

莉奈の胸がトクンと大きく跳ね上がった。

これはからかう好機だと、変な方向にウキウキした莉奈は〝フェル〟ともう一回呼んでやろうと企んだ。

だが、口に出す自分が恥ずかし過ぎて、口がパクパクするだけ。まったく、言葉が出てこなかったのであった。

結局、好きに呼べと言われた莉奈は、しばらく考えた挙げ句、なるべく呼ばない方向にする事にした。

キョロキョロしながら莉奈が訊いてみれば、

「どこへ向かうんですか？」

「中心街に行く」

とフェリクス王は歩き出した。

ガーネット邸は郊外にあるのか、周りを良く見れば確かに店らしきモノは、ほとんどなかった。

魔物から王都を護る砦としての役目も兼ねているとかで、街の端、外壁の側にある様だった。

さっきから何人かとスレ違うけど、スレ違うたびに注目されていた。特に女の人が、フェリクス王を見て息を飲んでいるのを感じる。

一瞬、陛下とバレた？　と思ったのだけど……これってフェリクス王を見てうっとりしているのでは？

だって、女性は皆、アイドルを見る様な、あのキラキラした瞳なんだもん。

王城では、そんな人がほとんどいないから、完全に忘れていた。

王城では彼が国王様だと知っているから、キラキラより畏れ慄いている。

でも、街の人達は、まさか国王陛下が歩いているとは思わない。だから、普通にものスゴい美形が歩いていると思う訳で……。

王をチラチラ見れば、ステキと頬をポッと紅く染める。そして、女同士でキャッキャし、同行している莉奈に気付くと「何あの女」と品定めしていた。

そういうところはどの世界も、同じだ。

莉奈はなんだか妙な親近感を感じ、嬉しくてついニコリと会釈で返せば、女性達がギョッとした後、同様に会釈を返してきた。

「……」

それをたまたま見ていたフェリクス王、唖然である。

知らない人間と、何故会釈をしているのか。理解に苦しんでいた。

「そっちじゃねぇ」

右に曲がろうとした莉奈の襟首を、フェリクス王はムンズと掴んだ。

大通りに出た莉奈は、道も分からないのに当然の様に右に曲がろうとしたからだ。

「……っ！」

どうして口で言わないのかな⁉　莉奈が反論しかけた時、近くの民家から、ふわりと香しい匂いがした。

「からあげだ」

この鶏の揚がるイイ匂い、揚げ物特有の匂いに反応し、莉奈は思わず呟いていた。

こうやって市井でからあげの匂いがするのも、魔物ロックバードの肉が、食用として認可されたためだった。ロックバードは高級品として出荷され、普通の鶏肉は安価で市民の口に入り易くなった。

そのため一部の養鶏所からは、価格が下落した！　と反発が起きた様だ。しかし、結果としてそれ以上に出荷量が増えたため、黙り込んだようである。

「……」

莉奈の呟きを聞いたフェリクス王も、思わず匂いのする方向を見て、鼻をスンと動かした。

確かにこの香ばしいニオイは、からあげの匂いである。

それが分かると、今度は自身の行動に苦笑いしてしまった。

思わず匂いを嗅いだ事もそうだが、ニオイを嗅いで〝ソレ〟が〝何〟なのかが分かってしまう自分に、もう笑うしかなかった。

弟のシュゼルではないが、自身もそこまで食事を気にした事はない。匂いを嗅いでソレが何かを当てた事もない。なのに、今言われてハッキリと分かる自分に気付いた。

分かる様になってしまっている事に、フェリクス王は複雑な気分だったのだ。莉奈に一番感化されているのは、存外自分かもしれない……と。

大通りに出ると、フェリクス王がとある場所で立ち止まった。

標識板（ポール）に行き先と時刻が書いてある。良く見なくてもバス停、いやバスじゃないから馬車の停留所。馬車停？

中心街に行く馬車は、ここで待てば来る様だ。ちなみに、ここの停留所の名前は……ビクトルって書いてある。ビクトール侯爵と絶対関係ありそうな気がする。

「馬車に乗るんですか？」

だから、止まったのだとは思うけど、一応確認しておく。

「距離があるからな」

「馬車ならゲオルグさんの所のを、借りれば良かったのでは？」

だって王が言えば、門扉と云わずリヨンの中心街まで貸してくれるのではないだろうか。

「アレも竜ほどじゃねぇけど、かなり目立つぞ？」

それでイイのか？　とフェリクス王に言われ莉奈は納得した。

侯爵家の馬車は、派手とは言わないがシンプルではない。侯爵家の家紋らしきモノも付いていた。

元の世界でいう所の、ベンツやリムジンで街を回る様なものだ。

そりゃあ、目立つよね～？

しばらく待っていると、馬車が見えてきた。

二頭の馬が牽引（けんいん）する馬車は、侯爵家のより断然シンプル。飾りっけのほとんどない、白い幌（ほろ）付きの馬車だった。

「あっ」

今さらながらに、莉奈はハッとした。

馬車はタダじゃ乗れないハズ。莉奈はお金を持っていない事に気が付いた。というか、見た事がない事にも気付いたのだ。

「どうした？」

「お金持ってない」

莉奈は探す様な仕草で、パンパンと服を叩（たた）いた。ノーマネーと。

王宮ですべてを用意してくれているのだ。モノを買った覚えがない。

「……」

「え？　なんですか？」

フェリクス王が、呆れた様な表情をしていた。

「俺がいるから、問題ねぇよ」

考えてみれば、莉奈に給金を渡していない事にフェリクス王は今さら気付いた。

欲しがるモノは、出来る範囲で与えていたし、食事は自分で勝手に作っている。身の世話は侍女に任せる……程の生活はしていない。

生活に不自由させるつもりはないが、食事に関していえば貢献をしてもらっている。ならばそれに応じた報奨を与える必要がある。

たまにコイツがやらかした時の修理、修繕費を差し引いたとしても、今後のために現金を渡しておくべきだな……と考えていた。

「とりあえず、欲しいモノがあれば言え」

莉奈が何を欲しがるかなんて、想像もつかないが、欲しがるモノがあるのなら、買ってやろうと思ったのだ。

「金」

——パシン。

正直に右手を出して言えば、莉奈の頭に容赦のない平手が落ちた。

「イッタ！　だって、お金自体を見た事がないから見たいんですよ‼」

そうなのだ。言い方がものスゴく悪かったが、莉奈はこの世界の〝お金〟がどういうモノなのか知りたかったのだ。

「初めからそう言え」

フェリクス王も薄々、そんな事だろうとは思ってはいたが、露骨過ぎる。

「とりあえず、馬車賃の３００ギルだ」

王は魔法鞄(マジックバッグ)から、小銭を出しチャリンと莉奈の手に乗せた。乗り合い馬車は一律３００ギルだそうだ。

渡された小銭は、表に髭(ひげ)を生やした厳(いか)ついオジサンが、裏には１００ギルと彫ってある鉄の貨幣。

３００ギルだから、１００と彫ってある鉄貨を三枚くれた。

他国の貨幣や紙幣は、どうしてこんなにも玩具(がんぐ)っぽく見えるんだろうか。親近感が無さすぎるせいかもしれない。

で、この厳つい、オジサンは誰だ？

「来たぞ」

貨幣をマジマジ見ていると、乗り合い馬車が来たのか王が声を掛けてきた。

「……」

んん？　コレにどうやって乗るのかな？

莉奈は眉を寄せていた。

小窓が付いている幌付き馬車は、中の座席は親子連れや女性達が乗っていて満員。幌の上も乗れるのか若い男の人が……。

え？　どこに乗るのかな？　上には乗れるスペースがあるのかな？

「縁に立って乗るんだ」

御者（運転手）に馬車賃を払いここに乗るのだと、フェリクス王が先に馬車の両脇にある、縁に乗って乗り方を見せてくれた。

馬車の外側に足場らしき板が付いていていた。幅は20センチくらい。そこに足を乗せ、外壁に付いている木の棒に掴まって乗るらしい。

ナニコレ。超面白そう!!

莉奈のテンションは爆上がりである。

「姉ちゃん。怖かったら代わってやろうか？」

中にあるイスに座っていた70歳くらいのお爺さんが、立ち上がってニヤニヤと声を掛けてきた。

莉奈が時を止めたのを、怖がっていると盛大に勘違いしたらしい。

そのお爺さんの表情は半分親切心、半分下心といった感じだ。

「ありがとうございます。でも、お気遣いなく。〝兄〟が付いていますので」

莉奈はやんわり断ると、足場らしき所に足を掛け、何かを言いたげなフェリクス王の手を取った。

途端にものスゴく強い力で、簡単に引き上げてくれた。

「ナンだ兄妹か。しっかし、似てねぇなぁ」

断られたお爺さんは、気分を害さなかったが不躾にジロジロと見てきた。

「母親が違いますからね」

「あぁ。なるほどな」

莉奈がサラッと言えば、勝手に納得して席に戻って行った。

こういうお爺さん達って、一緒にいる男女を見るだけでヤレ恋人だの何だのと詮索したり、冷やかしたりする可能性があるからね。

兄妹という事にして、早々に退散させるのがベストである。

ちなみに、兄妹と聞いた女性陣から、安堵のため息が漏れたのには苦笑いしかなかった。


先程、馬車に乗った時も感じたけれど、乗り心地が想像以上に良い。

ガタガタと揺れないのだ。もっと揺れると思っていただけに驚いた。

「あぁ。高い馬車には、サスペンションが付いているからな」

何故だろうと疑問を投げ掛けてみれば、フェリクス王が答えてくれた。

サスペンション……いわゆる揺れ防止が付いているみたいだ。

そんなモノが付いているのか、と莉奈は納得したのだった。

規制があるらしく、民家や店の高さは一定でマンションみたいに飛び抜けて高い建物は少ない。その数少ない高い建物も、そのほとんどが監視塔や見張り塔みたいなモノで、魔物や犯罪から街を守るモノの様だった。

しかし、中心街に行くまでの道中は実に楽しい。

中で座っているよりも、こうやって手摺(てすり)に掴まって外側に乗っている方が実に新鮮でイイ。

夏の日差しは少し暑いけど、風をきって知らない街並みを見るのは、旅行にでも来た気分で面白くて楽しい。

「アンタ。馬車は初めてなんだろ?」

幌の上に乗っていた20代くらいの若者たちが、覗(のぞ)く様に声を掛けてきた。

莉奈の先程の言動や、フェリクス王との会話を聞いていたのか、初めてだと分かった様だ。

「はい」

「横乗りなんて怖くないのかよ?」

女性は大抵は中、混んでいると仕方がなく上に乗るらしい。幌馬車(ほろばしゃ)の上も手摺(てす)りがあるから、意外と安定感があるとか。

「面白いですよ？」

曲がり角なんか特にスリルがあって、遊具みたいで楽しい。

万が一、手が手摺から離れても、後ろにいる王が支えてくれるだろうという、絶対的な安心感もある。

「「「アハハ‼」」」

「横乗りが面白いなんて言う女、俺、初めて会った」

「可愛(かわい)い顔してんのに、イイ度胸してんなぁ」

若者達は、途端に愉快そうに笑っていた。

横乗りは振り落とされる事もあるとかで、女性はまず敬遠するのだとか。握力の弱い年配者も、まずココには乗らないらしい。

子供は乗りたがるみたいだけど。

色んな人と色々な話をしている内に、中心街に着いた乗り合い馬車。莉奈が元気よく馬車からヒョイと飛び降りれば、後から降りた王からは苦笑いが漏れていた。

自分の手を待たずに、飛び降りる女が珍しいからだ。大抵の女は手を差し出すのを待つ。それが、莉奈らしくて面白い。

「幌の上の人達、腰に剣を提げていましたけど、職業は何ですかね？」

小さくなって行く乗り合い馬車に、手を振りながら言った莉奈。

乗っている間は終始、下から見上げる形ではあったが剣がチラリと見えたのだ。

王城では、軍部に所属している警備隊や近衛兵が、帯剣していた。しかし、街ではどういう職業の人達が持つのだろうか。

「冒険者だろ」

コッチから行くぞ、とフェリクス王は歩き出した。

〝冒・険・者〟‼

「……えっと……魔物とか狩っちゃう的な？」

莉奈のテンションは爆上がりである。

自分の力で狩り獲った魔物を、ギルドとかいう場所で売り買いする人達。不謹慎だと思いながらも、本物の冒険者の存在にワクワクしてしまった。

「そうだ。国によっては、警備隊の役目も兼任しているヤツ等もいるがな」

魔物専門職とは、一概に言えないらしかった。

なんでもそうだけど、その職業一本では生活が出来ない人達もいる様だ。

「ふ～ん。なら、陛……フェルナンデスさんも、兼任みたいなモノですね」

良く考えてみれば、魔物討伐は国王陛下の仕事ではない。

公務や政務と魔物討伐。国王と冒険者か近衛兵の兼務みたいなモノだ。

「兼任……兄はどうした？」

魔物討伐を〝兼任〟と言った莉奈の発想には笑いつつ、〝兄〟なら〝お兄さん〟ではないのかと訊いた。

大体偽名にしろ何にしろ、ご丁寧に〝さん〟なんてモノを付けなくてイイ。呼び捨てで全然構わないのだ。むしろ、本名で呼べと言いたい。

「兄妹設定は休止致しました。あっ、武器屋はドコですか？」

莉奈は適当に返すと、武器屋はドコだとキョロキョロする。

「〝兼任〟〝設定〟〝休止〟」

呆れ笑いの様な表情のフェリクス王。

「あっ、親子が良か――」

――バシン。

親子の方が良かったかと訊く前に、頭に平手が落ちてきた。

「アホ」

親子なんかあり得るか。

そう一言口にして、フェリクス王は街道をスタスタ歩き出した。

莉奈が顔を上げた時には、すでに後ろ姿しか見えなかった。しかし、声には今度こそ呆れが混じっていたのだった。

赤茶色のレンガ造りの街並み。街道は石畳だ。しっかりと整備されている。だけど、どこも似た様なレンガ造りで、フェリクス王がいなかったら絶対に迷子になる自信しかない。

「あれ？　武器屋は？」

莉奈はおかしいなと辺りを見た。

ここは洋服や小物を売っている、ショッピングモールみたいな感じで、武器を売っていそうな気配は一切しないのだ。

隠れ蓑として交じっているのだろうか？

「お前、マジで武器屋にしか興味ねぇの？」

そんな莉奈に、一瞬呆気にとられたフェリクス王。

こんなんでも一応女だと思い、自分にはまったく興味のない女性物の洋服やアクセサリー店が並ぶ通りに、わざわざ来たのだ。

なのに、見向きもしないとか肩透かしもイイところだった。

「え？」

どういう事？　と首を傾げた莉奈。

「んん～？」

フェリクス王に呆れる様に見られ、莉奈はどういう事なのだろうとさらに首を深く捻った。

「お前……」

自分がどうしてココに連れて来たのか、本気で分かっていない莉奈にフェリクス王は唸る。

フェリクス王は、莉奈の〝取り扱い説明書〟が欲しいと本気で思い始めていた。

ショッピングより武器屋……どうなってやがるんだ？　と再び唸った。

今まで接してきた女と同じ扱いをしても、コイツには何も響かない。服やアクセサリーに釣られて喜ぶ女ではないのだと、改めて理解したのであった。

「あっ」

莉奈は、王がそんな事で苦悩しているとは露知らず、とあるお店に目がいった。

そこは小物や雑貨類を売っている小さなお店だった。

ガラス越しに、飾ってある小物類が見える。マグカップやグラス、鏡等、色々置いてあった。

莉奈はその中で、髪飾りの隣にひっそりと飾ってある、あるモノに釘付けになっていた。

それは、竜のキーホルダーだった。

鉄かメッキかは良く分からないが、竜が内側に尻尾を丸めているカッコ可愛いキーホルダー。

『お姉ちゃん！　見てみて竜だよ！　竜‼』


莉奈は途端に、ジンと目頭が熱くなっていた。

弟がコレを見たら、絶対に欲しがるな――と。

「フェルナンデスさん。竜はこの国の象徴なんですね？」

ゴシゴシと目を擦り、莉奈は振り返った。

あちらこちらと見てきたが、店の軒先には必ず、竜を象ったこの国の国旗がヒラヒラと飾ってあるのだ。

「他国では魔物の様に言われているが、この国では護り神の様な存在だからな。御護りとしてこうやって、売られている」

フェリクス王は、莉奈の頭をポンポンと優しく叩いた。

竜は風貌から恐れられてもいるが、同時に市民の憧れでもあり、護り神の様な存在だと教えてくれた。

だから、店先や民家の軒先には竜をモチーフにした小物類か国旗をこうやって飾り、御護りとしてグッズも売られている様だった。

その答えで満足したのか、で？　武器屋は？　という視線にすぐに戻った莉奈に負けたフェリクス王は、内心どこか納得いかないと感じながら方向を変えた。

自身でも良く分からないが、胸がモヤッとしていたのである。


――――そして数分後。

二人はまるで迷路の様に、細い路地を右や左にしばらく歩くと、何の変哲もない普通の家の前に着いた。

「え？　ココが武器屋？」

外壁は良くあるレンガ造り、扉は木製。店だと示すモノは何一つない。

どう考えても、ただの民家にしか見えなかった。

だけど、それが逆に秘密の店みたいで、莉奈はワクワクする。

「不安はねぇのかよ？」

王は小さく笑っていた。

普通、人気（ひとけ）のない怪しい民家の前に連れて来られたら、不安しかないだろう。なのに、ココかと訊いてきた莉奈の瞳（ひとみ）は、あり得ないくらいキラキラしていた。

どうかしていると思うのは自分だけだろうか。

「なんで？」

莉奈はキョトンとした。知らないオッサンとだったら不安しかないけど、相手はフェリクス王だ。不安になる意味が分からない。

「お前……武器屋に連れて行ってやると言われたからって、知らねぇ男に付いて行くなよ？」

そんな莉奈をよそに、王は不安しかなかった。

莉奈が人気のない脇道に、警戒心を微塵も見せずに付いて来たからだ。莉奈なら武器屋を見せてやると言ったら、誰にでもホイホイ付いて行くのではと一抹の不安が過る。

「はい？　知らない人なんかに付いて行きませんよ？」

子供ではないのだから……と、莉奈は眉を寄せた。

たとえ、日本に還してくれると言う人がいたとしても、黙って付いて行くわけがない。何故、そんな心配をされているのだろう？

「……」

フェリクス王はしばらく莉奈をジッと見た後、頭をガシガシと掻いていた。

コイツはそこまで子供ではないのに、確かに何故自分はそんな心配をしているのだろうか。

それとも、子供じゃないから心配なのか？

自分でも良く分からず、王は無性に魔物を斬り倒したい気分だった。だが、そうもいかず最後に深いため息を吐き、自分で自分を誤魔化すのであった。

「まだ出来てないわよ」

フェリクス王が扉を開けた途端に、女性にしては少し野太い声が聞こえた。そう〝少し〟。

「……」

フェリクス王の後に入った莉奈は、念願の武器屋に浮かれる……よりも店主らしき〝女性〟に目が釘付けになっていた。

カウンター越しに、けだるそうにしている人物だ。

――――オネエ様だ‼

莉奈はナゼか感動していた。この世界にもオネエ様がいると。

スカートは穿いていないが、女性物で少し派手で奇抜な服装だ。

店主は男性にも女性にも見える、中性的な綺麗(きれい)なオネエ様だった。それがまた、奇抜な服装なのに違和感を抱かせない。素敵なオネエ様である。

ナゼ莉奈が男性だと思ったか。それはたまたま喉仏(のどぼとけ)に目がいったからだ。

普通の男性程には目立たないけど、隠しきれないよね？

「え？　何、女を連れて来てるの？　ここは女は禁止だって知っているでしょ？」

王の隣にいる莉奈の顔を見た途端に、店主はあからさまに不機嫌そうな表情をした。どうやら女人禁制の様だった。

「普通の女じゃねぇから気にするな」

フェリクス王は愉快そうに言った。

「化け物には言われたくない」

立て掛けてある武器へと視線を逸らしながら、莉奈は、ブツクサと呟く様に文句を言った。

大体〝普通〟の定義は何なのかな？　棚上げもいいところだ。

――バシン。

聞こえていたらしい。

「な？」

もはや莉奈に容赦などしなくなったフェリクス王は、莉奈の頭を叩き店主を見た。

何が〝な？〟なのかな？　莉奈は不服しかない。

「ねぇ、あなた？」

反論した莉奈に興味を持ったのか、店主は面白そうに話し掛けてきた。

彼の髪をかきあげる仕草が、実に美しいと思わず見惚れるところだった。

「リナですよ。何でしょう？」

「この人、この国の何だか知ってるの？」

「陛下でしょ？」

じゃなきゃ、魔王かな？

莉奈が半目で答えると、店主は少しだけ目を見張り、ナゼか面白そうに笑い始めた。

「あはは……あなた、コイツを国王陛下だって知ってるのに、その態度なの⁉」

「そりゃあ確かに普通じゃないや」と一瞬素に戻り、腹を抱えて笑っていた。

なんだ、この人もフェリクス王が国王陛下だと知っているのか。

莉奈はそう思いながら、フェリクス王に向かい深々と頭を下げた。

「まぁ、普通だったら〝打ち首獄門〟ですよね。陛下の寛大なお心には大変感謝しております」

「……打ち首獄門」

何が感謝だと思うよりも先にフェリクス王は、打ち首獄門という時代錯誤な言い方に、思わず笑ってしまった。普通なら斬首刑である。

◇◇◇

あぶねぇから触るなよ、というフェリクス王の言葉を背後で聞きながら、莉奈は武器をマジマジと見ていた。

〝本物〟の武器屋は初めてだが、日本ではレプリカを売っている武器屋には何度か行った事がある。弟にねだられ行ったのだ。

ハイハイ……なんて適当な返事で連れて行ったけど、スゴく面白かったのを思い出す。レプリカはあくまでも偽物でしかないから、刃は付いていなかった。

しかしここは本物の武器屋。

キラキラ光る鋭い刃が、しっかりと付いている。

ちなみに、日本にある自分の部屋には短剣のレプリカが飾ってある。弟の部屋にはロングソードが。

弟は貯めたお年玉でやっと買えたと喜んでいたが、弟が背丈程のロングソードを持てる訳がない。当然それを持って帰るのは莉奈だった。自分のと合わせるとかなり重くて、帰宅するまでに肩が壊れるかと思った。それも懐かしい思い出の一つである。

「うっわ、モーニングスターって……エゲツな」

莉奈は思わず呟いた。

〝モーニングスター〟とはもちろん武器な訳だけど、剣とか斧とかとはまったく違う。

基本的にはメイス（棍棒）の先に、放射状にトゲのある鉄球が付いている武器を指す。形としてはマッチの先にトゲが付いている様な感じ。

トゲトゲの鉄球が付いた武器をまとめて、モーニングスターと総称するとも聞いた事がある。くさり鎌の反対側に付いているタイプとか、多種多様である。

ちなみにここに並んでいるのは、基本のトゲの付いた鉄球が乗っている棍棒だ。

ゲームやマンガの世界と違って、本物はエゲツないし痛そうだ。

「あなた。それが何なのか分かるの⁉」

奥に戻ろうとしていた店主が足を止め、驚いた様子で訊いてきた。

どうやら莉奈の呟きは、呟きではないらしい。

「え？　あ～。詳しくは知りませんけど、モーニングスターでしょ？」

云われて気付いたが、これには値札も名称も何も表記されていなかった。というか、すべてに何も表記がない。

武器が時価な訳ないだろうから、応相談？

店主が売る相手を見て決めるのかな？

「……」

莉奈が改めて言えば、店主は驚愕していた。

ただの小娘と小馬鹿にしていたのだが、もしやと王をチラリと見た。

「【鑑定】持ちだが、使ってねぇのは分かってるだろ？」

王は莉奈が魔法を発動していないと否定した。

店主は色々な意味で、再び驚愕していた。【鑑定】持ちだという事にも、鑑定を使わずにこんな少女が一発で武器名を当てた事にも。

「……彼女。こう見えてあなたの護衛とか？」

店主は莉奈が素人にしては詳し過ぎると感じ、ならば王の護衛だと思ったみたいだ。

「だとよ？」

王は面白そうに莉奈に話を振った。

「陛下を何から護るっていうんですか」

魔物も逃げ出すのに……莉奈はアハハと空笑いしていた。

竜を一人で倒す男を、一般人の私が何から護れるというのか。

「「……………」」

その言葉に二人は顔を見合わせ、仲良く押し黙っていた。


しかし、色々な武器や防具がある。

剣だけでも、短剣や長剣と様々で何十種類とあるだろう。日本の自分の部屋に飾ってある短剣と、同じ形の武器もある。ポピュラーな形なのかもしれない。

「さっきからダガーやショートソードばかり見てるけど、興味があるの？」

少し驚いている様子の店主ことアーシェスが、ゆっくりと歩み寄って来た。

興味本位にしろ何にしろ、女性がこんなに瞳をキラキラさせて、武器や防具に見入っているのを初めて見たのだ。

連れのフェリクス王に合わせて、仕方なく見ているフリをしているのではと思ったが全然違った。

本気で莉奈自身が興味があるのが見てとれた。

「似たのが家にありますからね」

武器に集中しきっていた莉奈は、思わずポロリと漏らした。

レプリカと比べると、やっぱり本物の方が断然精巧で綺麗だと思う。芸術品として飾る理由も分かるなと、ため息が漏れた。

「家にあるのかよ？」

「は？　やっぱり護衛なの⁉」

何も知らないフェリクス王と店主は、莉奈の言葉を聞き瞠目していた。

護衛ではないと言った莉奈の家に、何故武器があるのか。やはり、タダ者ではないのかと店主アーシェスは一瞬思い、頭を振った。

タダ者でないのなら、同行しているフェリクス王が知らない訳がないからだ。なのに彼も同様に驚いている。さっぱり分からない。

「あ、えっと。レプリカですけど」

本物ではないですよ？　と莉奈は強調する。

あっちの世界にしろ、こっちの世界にしろ、普通の一般家庭に短剣は飾ってある訳がない。その事に驚かれているとやっと気付いた莉奈は、返答がしどろモドロになっていた。

それを聞いたフェリクス王はさらに瞠目していた。

レプリカにしろ武器まで持っているとは思わなかったのだ。何ヵ月か一緒にいて、莉奈を知ったつもりでいたが、まだまだ序の口だったと改めて感じたのである。

「ねぇ。あなたが持つなら短剣より、こっちのダガーの方がイイと思うわよ？」

お飾りとしての興味でないと分かった店主は、莉奈にダガーを勧めた。

短剣より少し短い、だがナイフよりは長い20センチメートル程の剣である。

「持つ予定はありませんけど……使いやすそうですね」

勧められたダガーを持てば、莉奈の掌に柄がピッタリと収まった。慣れないから重さはかなりある様に感じるけど、包丁を持つ様に手に馴染んで持ちやすい。

「ちなみにですけど、ナイフやダガー、短剣の違いって何ですか？」

莉奈は見ている内に疑問が湧いたので、素直に訊いてみた。

当然、刃の形や柄の形は各々違うけど、中には同じ装飾で変わりのない物もある。ナイフとダガーなんて素人が一見したら、まったく違いが分からないのだ。

アーシェスは少しだけ驚き、小さく笑っていた。

この年齢の少女が、武器の事を本気で知りたいと思っている。それが、なんだか珍しくて可愛らしいなと思ったからだった。

「厳密な定義はねぇが、基本的にダガーは刃渡り30センチメートル以下。それ以上のを短剣、ショートソード」

アーシェスが莉奈に興味を持ったのを、なんとなく察したフェリクス王が説明に入った。

自分でも正直良く分からない。だが、初めて会ったアーシェスに興味を持たれるのが、少し気に入らなかったのだ。

「ダガーとナイフの決定的な違いは、刃の厚さだ。ナイフの刃よりダガーの刃の方が少し厚くなっている」

「あっ、本当だ」

ダガーや短剣等を手に違いを詳しく聞き、莉奈は大きく頷いた。

言われてみれば、短剣とダガーでは長さが違う。ナイフとダガーは長さは変わらないが、確かに比べると刃の厚みが違った。

ナイフの刃は数ミリと薄く、ダガーは剣の様に厚めの刃をしているとの事だった。明確な決まりはなく、造り手の意向で名が付く事も多いそうだ。

普段聞かない話を色々と教えてもらい、莉奈は楽しくて仕方がなかった。

「あなた……面白いわね？」

そんな莉奈を見ていたアーシェスは、久々の感覚を思い出していた。

フェリクス王と初めて逢った時も、こんなワクワクとした感覚だったな……と。

「……はぁ？　どうも？」

自分の事を「面白いね」と言われても全然嬉しくない莉奈は、複雑な表情である。

どうして、どいつもこいつも〝面白い〟とか言うのかな？

「アハハ‼」

莉奈のそっけない返事に、アーシェスはますます面白いと笑い始めていた。

恵まれた容姿のおかげか、もれなく女がすり寄ってきた。

だから、自分にすり寄る女性がウザったいのと、武器に興味もない恋人を連れて来られても腹立たしいので、この店は自然と女人禁制となっていた。

フェリクス王が彼女を〝普通じゃない〟と言った意味が良く分かる。

自分にすり寄らないのもそうだし、武器に興味のある事にも驚いた。そして何より、自分の奇抜な服装や口調を目の当たりにしても、嫌な顔や変な表情を一切しなかったのだ。

莉奈の瞳は、異質や奇妙なモノを見る侮蔑の目でなく、自身の姿をすんなり受け入れてくれた上での尊敬の眼差しだった。

それが、アーシェスにはものスゴく心地好かったのだ。

「ねぇ。リナとか言ったわよね？」

「ん？」

まだまだ楽しそうに武器を見ている莉奈に、アーシェスが訊いてくる。

「この店にある武器の中で一番高い物はなんだと思う？」

「え？　高い物ですか？」

何だろうと、改めて莉奈は店内を見渡す。

美術品としての武器ではなく、ちゃんとした実用の武器だから宝飾品はほとんど付いていない。訊いてくるくらいだから【大きい＝高い】ではないのだろう。

「う～ん」

日本でレプリカを売っていた武器屋は、大きくて珍しい物が高かった気がする。弟の買った偽物のロングソードは、確か6000～7000円だったと思う。

馬車の料金から予測するに、物価は似ているのだろう。しかし、武器に関してはどうだ？　レプリカと本物では値段が違うハズ。

日本刀は……量産品ではないからあてにはならない。

莉奈は真剣に悩んでいた。

「当たったら、欲しい武器を一つプレゼントしてあ・げ・る」

真剣に悩む莉奈にアーシェスは、パチンとウインクした。

だけど【鑑定】魔法はダメよ？　と念は押しておく。

「マジか‼」

途端に莉奈の瞳が輝いた。

武器がタダで貰（もら）えるなんて、ものスゴく嬉しい。

どうしたらイイ？　何を選んだらイイ？　莉奈はあまりの嬉しさにプチパニック状態であった。

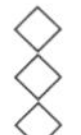

――――それから、十数分。

「あれ？　陛下は？」

三十畳程の店内をグルグル見ていた莉奈は、いつの間にかフェリクス王がいない事に気付いた。

慌てて捜してみたものの、何処を見ても姿が見えない。

「あら？　いないわね？」

アーシェスは莉奈と同様に、辺りをキョロキョロと見て驚いていた。

「えぇ⁉」

アーシェスの言葉に莉奈は、ますます驚いて固まった。

えぇっ⁉　置いていかれた？

え？　まさかのポイ捨て⁉

一気に不安になってきた莉奈は、店内をウロウロ。

不敬な事をし続けていたから、とうとう捨てられた⁉

不安そうにしている莉奈に、アーシェスが追い打ちをかける。

「オカシイわねぇ？　あなたの事、忘れたのかしら？」

「えぇエっ⁉」

そんなまさかとは思いつつ、実際いないのでますます不安になる莉奈。外に出て捜した方がイイのか、内心はオロオロしていた。

「そんな不安そうな表情しちゃって、アイツがいないだけでそんなに不安？」

国王相手にあんな憎まれ口を叩いていた莉奈が、彼がいなくなったと気付いた途端に不安な表情を見せている。

アーシェスの瞳には莉奈のそのギャップが、なんだか妙に可愛く見えていた。親猫を探す仔猫のようで。

「だって……どうしてイイのか、分からない‼」

ココで捨てられたとしたら、王城に帰って来るなって事でしょ？

「分からないって、あなた子供じゃないんだから、好きにすればイイじゃない」

慌てる莉奈がなんだか可愛くて、アーシェスは面白そうにしていた。

「好きにすればって……限度があるし」

「限度って、一体何をするつもりなのよ？」

「先立つモノも……っ‼」

手持ちも何もない……と言いかけたその時、莉奈はハッとした。

そして、慌てる様にガサゴソと魔法鞄（マジックバッグ）を漁（あさ）った。そうだ。コレがあれば、とりあえずはどうにかなるかもと。

「これで、何日暮らせますか!?」

「え!?」

それを見たアーシェスは、目を見張った。

莉奈は魔法鞄（マジックバッグ）から、ゲオルグ師団長から貰った竜の鱗（うろこ）を取り出していた。

王城には戻れないとしたら、暮らす資金が必要だ。そして、運が良いか悪いかここは武器屋だ。

もしかしたら、コレを買い取ってくれるかもしれない。

「あなた……コレどうしたのよ？」

その小さな鞄は魔法鞄（マジックバッグ）だったのか……とか、竜の鱗なんて持っているのかとか、色々と驚きだが、これは何でもない少女が持っていて良い代物ではない。冒険者だとしても、竜の鱗を持っているのは稀（まれ）である。

「とある人から頂きました」

「……それってアイツ？」

竜の鱗をあげられる人間なんて、限られている。

盗むという事もありえるが、この子がやるとは思えない。黒くないから王竜の鱗ではないが、この鱗をあげたのはフェリクス王ではとアーシェスは思ったのだ。

「え？　あぁ、陛下ではないですよ？」

「……」

アーシェスは顎に手をあて、小さく眉を寄せた。

王からではないとしたら、誰なのか？　そして、チラリと莉奈の後ろにいる人物に目をやった。

「あっ！　そうだ！　冒険者になれば……イヤイヤ、魔物と戦うすべがない……なら、店？　そこまでの資金――」

ブツブツと一人言を言っていると、

「何の話をしてやがるんだ？」

莉奈の背後から呆れた様な声が聞こえた。

「あら、おかえりなさい」

アーシェスはニッコリと出迎えた。

そう、フェリクス王のお帰りである。


――時を戻す事、約二十分。

店内で真剣に、武器を物色している莉奈を見ていた二人。その二人の間では、この様な会話が繰り広げられていた。

「剣士でも何でもないのに、武器に夢中なんて可愛いわね？」

「女としてはどうかしているんじゃねぇの？」

「でも、相当気に入っているでしょ？」

アーシェスはフフと小さく笑った。

そうでなければ、彼が女性を連れて歩かないと知っている。だからこそ、王のお気に入りなのだとアーシェスは悟った。

「さてな」

フェリクス王はそう言って、扉に向かって歩き出していた。

だから、彼がどんな表情でそう言ったのかは分からない。

「どうせ、まだ掛かるんだろ？　コイツの面倒見といてくれ」

自分の刀のメンテナンスには時間が掛かりそうだと、フェリクス王は別件を済ませる事にした。

じっくり店内を見ている莉奈をチラリと見つつ、フェリクス王はアーシェスに手をヒラヒラとさせ、店から出て行ったのである。


——そう。アーシェスはフェリクス王が出掛けた理由を莉奈に伝えず、楽しんでいたのだった。

「……」

何も知らない莉奈、唖然である。

置いていかれたと思って慌てていたのに、フェリクス王が戻って来た。まったく思考が追い付かなかったのだ。

「冒険者がどうとか……何の話だ？」

「この子、あなたが黙っていなくなったから、捨てられたと思ったみたいよ？」

莉奈が唖然としていたので、アーシェスが代わりに答えた。

「あ？」

フェリクス王は目を眇めた。

十数分いない間に、何故そんな話になったのかと莉奈を見た。

莉奈はビクリと肩を震わせた。そうなのだ。勝手に勘違いし、勝手にオロオロしただけ。

フェリクス王の纏う空気が、なんだかヤバそうだと感知した莉奈は誤魔化す事にした。

「お、お元気そうでなによりです」

――バシン。

「説明」

雑な誤魔化し方に笑いつつ、フェリクス王は莉奈の頭を叩いた。

「そんな薄情なヤツだと？」

事情を聞いたフェリクス王は、少しだけ怒っている様に見えた。

アーシェスが何を言ったかは知らないが、突然街に捨てる様な無責任な男に自分が見えたのかと。

「い、いいえ。私の目に余る所業が、とうとう逆鱗（げきりん）に触れたのかと……」

莉奈は目を逸（そ）らしてモジモジしていた。

国王様にしてはいけない事をしている自覚はタップリある。だから、さすがの王も我慢出来ず……と思ったのだ。

「触れたのなら、とっくにバッサリやってるだろうが」

散々な事をやらかしておいて、今さらそんな事を言う莉奈に、王は笑いながらも呆れていた。一応気にしてはいるのかと。

莉奈はどこかホッとしながら、頭を勢いよく下げた。

「ヤル時は、是非一撃で‼」

「アホ」

莉奈の頭には平手の代わりに、大きくて優しい手のひらがポンと乗っていた。

フェリクス王の刀がメンテナンスを終え戻ってきた。

刀のメンテナンスが終了したと、奥の作業場にいた従業員から報告があったのだ。言われて行けば大きな作業台の上に、フェリクス王の大きな刀が布の上に無造作に置いてあった。

長さは王の身長よりも数十センチメートルは長い。対魔物用なので、いつもは魔法鞄(マジックバッグ)に入れてある長刀。

王の武器は刃の幅がある大剣かと、勝手に想像していたが刀だったので、莉奈は驚いた。

ちなみに、これとは違う大剣が魔法鞄(マジックバッグ)に入っているらしい。

「はぁぁぁァっ」

莉奈はその剣、いや刀に見惚(みと)れていた。

日本刀にも使用されている様な鋼も刃先に使われている様で、〝綺麗(きれい)〟だった。

作業場の天窓から射し込む光が、刃先に当たりキラキラとしている。宝石よりコッチの方がキレイだと莉奈は思ったのだ。

「あなた、本当に変わってるわね？」

確かに武器にこだわる冒険者も多いが、見惚れる者はいない。ましてや女性だ。剣より宝石だろう。

「カッコいいし、綺麗……これ、アーシェスさんが造ったんですか?」

「残念だけど、私じゃないわよ。師匠」

「はぁァ」

刀に見惚れ、莉奈の心はここに在らずだった。

フェリクス王が刀を魔法鞄(マジックバッグ)にしまえば、莉奈から残念そうなため息が漏れた。まだまだ眺めていたかったのに。

「刀が欲しいのかよ」

落胆さえして見せる莉奈に、フェリクス王は苦笑が漏れる。

「くれ‼」

「やるかよ」

手を差し出す莉奈には笑うしかない。

先程見せた弱々しさはどこへやら。やっぱり莉奈は莉奈だった。

「そういえば、店一番の高価な武器は分かったのかしら?」

そんな仲の良いやり取りを羨(うらや)ましそうに見ながら、アーシェスが訊(き)いた。

「コレ‼」

キラキラとした瞳(ひとみ)で莉奈は、真っ先に指を差した。

「……ぷっ」

少しだけ間が空いた後、アーシェスはお腹（なか）を抱えて笑っていた。

確かに〝ソレ〟は一番高価な武器だろう。しかし、そんな意地悪な問題を出した覚えはない。ある意味正解。だが、ズルい正解でもある。斜め上の正解に辿（たど）り着（つ）いた莉奈に、アーシェスは笑ったのだ。

そう、莉奈が指を差したのはフェリクス王の魔法鞄（マジックバッグ）だった。

今、しまったばかりの刀が〝店の中〟で一番高価だと示したのだ。

「コレ以外で当ててみろよ」

フェリクス王は半ば呆れつつ、本気で当ててみろと言ってきた。

莉奈の見る目はどうか、試したくなったのかもしれない。

「……」

莉奈はチラリと王の腰を見た。

魔法鞄（マジックバッグ）に入れたのとは別に、剣を下げているからだ。それは、対人間用だと聞いた事がある。牽（けん）制（せい）するために、わざと下げているらしい。

それも、高そうだと思ったのだ。

「参考までに、その価値は？」

これも対象外だぞ？　という視線を浴びつつ莉奈は訊いてみた。

どれもこれも値札が付いていないので、基準が分からないのだ。

「高い」

「うっわ、雑」

そんなヒントがありますかね？

フェリクス王がニヤリと笑えば、莉奈は呆れていた。

高いの基準だって人各々だろう。王族のいう高いとはどの程度かさっぱりだ。訊く相手を間違えた。

莉奈は仕方がないとばかりに、また店内に戻りぐるりと回った。

どうでもイイけど、当たる訳がない。だって、百種類以上はある。何の知識もないのに、その中から一つを選ぶなんて無理。

からかわれた……と思った瞬間、ある一点に釘付け（くぎづ）けになった。

カウンターの後ろ、先程行った作業場への入り口の上。

そこに、40センチメートルくらいの短剣が横向きに飾ってあったのだ。

「あれ‼」

莉奈は指を差した。

店内にある数多くの武器に目を奪われていたけど、カウンターの上まで見なかった。そこは、普通の陳列棚ではない。勝手に売り物ではないだろうと目がスルーしていた。だが、実用品しかなさそうなこの店には珍しく、細工が施されている剣だった。

〝非売品〟と表示されてもいないのだから、答えとしては〝あり〟なのかもしれない。どうせ当たらなくても殺される訳でもないし、一か八かで言ってみようと思ったのだ。

「意外と目敏いわね？」

さっきから売り場しか見ていないから、気付かないと思っていたのだが、少し時間は掛かったものの正解を導き出した事に、アーシェスはものスゴく満足だった。

「正解ですか⁉」

「正解よ」

「やった〜っ‼」

その答えを聞くと莉奈は、飛び跳ねて喜ぶのだった。


「さて。せっかく頑張って当てた事だし、良かったら何か武器を造ってあげましょうか？」

「本当に⁉」

既存の物より自分の手に馴染む武器の方がイイだろうと、アーシェスは考えたのだ。

莉奈はさらにキラッキキラと瞳を輝かせた。

貰えるだけでも幸せなのに、自分専用の武器なんて嬉しくて仕方がない。

「お前なら、こういう武器がイイんじゃねぇの？」

フェリクス王は口端を上げ、棚にぶら下がっている武器をチラリと見た。

王が見た先に莉奈が視線を動かして見ると、それは長さ30センチメートル程の麺棒のような棒二本を、端と端を細い鎖で繋げてある武器だった。

それを見た莉奈は、無言で王を睨んだ。

「くくっ」

その表情を見て、くつくつ笑うフェリクス王。

どうやら莉奈がこの武器が何か分かった上に、想像した通りの反応をしたので面白かった様だ。

「リナ。それが何だか分かってるの？」

アーシェスは目を見張った。

莉奈の表情は分かっている反応だった。ソレまで何なのかを理解出来るとは思わなかったのだ。

「ヌンチャクでしょ？」

莉奈は不機嫌そうに答えた。

先程までの浮かれ気分が台無しになったからだ。フェリクス王はいつまでもニヤニヤとしているし。

「はぁ～。あなた本当に良く分かるわね。コレ異国の武器だから、分かる人がスゴく少ないのに」

アーシェスは感嘆した様な声を出していた。

多種多様に揃えて置いてあるが、マニアックな物なのか、コレを見てすぐに〝ヌンチャク〟だと答える人は稀だ。

二本の棒を振り回すくらいは分かっても、名称までは分からないのが普通だった。

「……父が昔、振り回していたのを思い出したんですよ」

莉奈は懐かしいな……と思い出し小さく笑った。

年末の大掃除の時、押し入れの奥の方から出てきたのが、この〝ヌンチャク〟だった。真ん中は鎖ではなく紐だったけど。

父が昔、カンフー映画が流行った際に麺棒を二本買って作った代物だった。


『どうだ？　莉奈、お父さんカッコイイだろう？』

『おぉっ‼』

『ほりゃ！　ほりゃ！』

どうやって使うのか訊いたら、ヒュンヒュンと小気味イイ音を鳴らし得意気に回して見せた父。

莉奈が褒めれば、さらに嬉しそうにブンブン振り回した。そして、調子に乗りまくった結果。その勢いのまま麺棒を股間にガツンと……。

「ぽぇ」と変な声を一つ上げ、見た事もない表情で悶絶した父。それを見てお腹を抱え笑う母。無言で父の腰を叩く弟。

そしてそれを見た莉奈は、あぁ今日も平和だな……としみじみ感じていたのを思い出す。

「……」

父の顛末（てんまつ）を話せば、痛みが良く理解出来るのか渋面顔に変わったフェリクス王とアーシェス。

「まぁ。これで男の股間を叩くと面白い、という事が良く分かりましたけど」

「違うな」

「違うわね」

フェリクス王とアーシェスは堪（たま）らずツッコミを入れていた。

そんな二人の横で、莉奈はヌンチャクを持つ素振りをし、〝何か〟を力強く叩く仕草をしている。

「「……」」

その仕草は〝何か〟にクリーンヒットを与えている気がし、二人の背筋はゾッとしていた。

莉奈は使い方こそ良く分かってはいないが、相手（おとこ）に致命傷を与える道具（ぶき）だと思っているらしい。

アーシェスはただならぬ雰囲気を察し、莉奈の視界からゆっくりとヌンチャクを排除した。

この子にヌンチャクを持たせたら、世の男の股間が危ない。そんな気がしてならなかったのだ。

◇◇◇

——その頃（ころ）の王城。銀海宮（ぎんかいきゅう）では——

慌ただしく夕食の準備に掛かっているリック料理長達。

莉奈が中庭で焼き鳥をモクモク焼くものだから、その煙と同時に王宮にいる者達から王城の皆に、焼き鳥の存在はあっという間に広まってしまった。

おかげで本日の夕食は焼き鳥となり、軍部や魔法省の料理人に作り方の説明をした後、大量の仕込みに追われている。

そんな彼等の元に「リナはいるか？」と、エギエディルス皇子の可愛らしい癒しの声が響いた。

「あれから、戻って来たか？」

「いえ、まだですよー」

厨房では、そんな答えが返ってきた。

ならばとエギエディルス皇子は【碧月宮】に行って尋ねてみれば、侍女達からも「戻られておりません」との返答が返ってきた。

「どこに行ってるんだよ。あのバカ」

二度も肩透かしを食らい、若干不機嫌気味になるエギエディルス皇子。

いつもいる銀海宮の厨房にも部屋にもいない。竜の所かと考える。しかし最近〝魔法〟を真面目に教わり始めたと、魔法省のタール長官から話を聞いていたのを思い出した。だとしたら、タールの所かもしれないとエギエディルス皇子は思い直した。

「あーっもう！　ジッとしてろよ！」

エギエディルス皇子は、堪らず声を上げた。部屋で大人しくしていれば、こんな苦労しないのにと。だが同時に、部屋で静かにしている方が気持ち悪いなと、失礼な事を考えてもいたのであった。

「エギエディルス殿下」

とりあえず、先に竜のいる白竜宮に行こうとした時、廊下でラナ女官長とすれ違った。

「ラナか」

「いかが致しましたか？」

「リナを探している」

ラナ女官長なら、ひょっとして知っているかとエギエディルス皇子が訊ねた。

白竜宮か黒狼宮だろうと想定する。だが、次の瞬間エギエディルス皇子の耳には予想していたものとは、違う答えが返ってきた。

「リナなら、陛下とリヨンに向かわれました」

「あ？」

「城下町リヨンに」

「……」

エギエディルス皇子は絶句した。

兄王と城下町リヨンに行っている事を知らなかったからだ。いくら捜してもいる訳がない。王城にすらいなかったのだから。

「……ない」

「は？」

「俺は聞いてない！」

エギエディルス皇子は吐き捨てる様に言った。

リヨンに行く事は勿論、兄フェリクスが連れて行く事もである。

「で、殿下の勉学の邪魔になるかと、お伝えしなかったのでは？」

ラナ女官長は焦った様に、言い訳を探した。

まさか、エギエディルス皇子に黙って行ったとは思わなかったのだ。

「……」

ラナ女官長の言葉など、全く耳に入らないのかエギエディルス皇子は悔しそうに拳を握っていた。

「……たのに！」

「殿下！」

エギエディルス皇子は小さく呟くと、ラナ女官長の脇をすり抜けて走り去ってしまった。

小さくなるエギエディルス皇子の背中を、心配そうに見つめていたラナ女官長。

『俺が連れて行ってあげたかったのに』

聞き間違いでなければ、エギエディルス皇子は確かにそう呟いていた。

その言葉を聞き、ラナ女官長はもしかしてと考える。

エギエディルス皇子は自分が置いていかれた事よりも、兄が莉奈と黙って二人で出掛けた事がショックだったのかもしれない。

そして……〝自分が最初に〟莉奈を街に連れて行きたかったのでは？　とラナ女官長は察した。

「ど、どうしましょう⁉」

ラナ女官長はオロオロとしていた。

ラナ女官長はたまたま莉奈がフェリクス王と転移の間に行く姿を見かけ、執事長イベールに事情を聞いていたのだ。

フェリクス王はすぐ戻るつもりだから、何も伝えなかったのかもしれない。そこには何の意図もないだろう。

だが、エギエディルス皇子にしたら、何故一声かけてくれなかったのか。

フェリクス王が一人で行くならともかく、莉奈を連れて行った。初めて行く街を一緒に仲良く散策している。

エギエディルス皇子は自分でも気付いていないが、莉奈の一番になりたかったのでは？

そして、兄王に出し抜かれたと思ってしまったのだろう。

「あぁ。早く帰って来てよ、リナ！」

そんなエギエディルス皇子に同情し、いたたまれなくなってしまったラナ女官長は、再びオロオロとしていたのであった。

第7章　厨房の武器

そんな事になっているとは、全く知らない莉奈(りな)はホクホクとしていた。

結局、莉奈は武器ではなく【包丁】を造って貰う事にしたのだ。

武器なんて使う機会がなさそうだし、使う事もないだろう。なら、毎日の様に使う包丁かな？　と思った莉奈は交渉してみたのだ。

「包……丁」

アーシェスはまさかの提案に驚愕(きょうがく)していた。

包丁は武器屋で造るモノではなく、金物屋で買うモノ。もちろん造れない訳ではない。だが、普通は武器を造る職人は職人気質。武器を造る事に、誇り(プライド)を持っている。

そんな事を言われたら、店主からは怒号が放たれる案件だろう。

「オヤジが聞いていたら、怒声が舞っただろうな」

そう言って、小さく笑うフェリクス王。

莉奈の突拍子のない提案が、可笑しくて仕方がないらしい。

「オヤジって？」

「私の師匠」

確かに〝包丁〟を造れと言われたら「二度と来るな」と言いそうだと、アーシェスは苦笑していた。

「でも、料理人からしたら〝包丁〟は厨房という〝戦場〟の武器だもん。戦うにはまず切れる武器が必要でしょう?」

「必要でしょう? って、あなた料理なんて出来るの?」

「出来ますよ? 何かお出ししましょうか?」

莉奈はポンポンと魔法鞄(マジックバッグ)を叩いた。

今まで作った物が賄賂(わいろ)用に取ってあるからね。

「何かって何があるのよ?」

興味半分、不安半分のアーシェス。

先程から見ていても、莉奈が料理を作れるとは思えない。

「お菓子は得意ですか?」

「〝エショデ〟や〝フワス〟なら好きじゃないわよ」

莉奈が何かを出す仕草をしたので、アーシェスは先に嫌いなお菓子の名を口にした。

「……? エショ……フ?」

莉奈は知らないお菓子の名が出てきて、大きく眉(まゆ)を寄せた。

シュゼル皇子はそんな名前の物を食べていなかった気がする。

「エショデにフワスよ。違うならイイわ」

知らないのなら、それではないのだろうと小さく笑ったアーシェス。

「美味しくないんですか?」

「好きな人もいるから強くは言えないけど、私はキライ。豆菓子の方が甘くて好きよ」

知らないお菓子の存在に興味津々な莉奈が訊いてみれば、アーシェスはさらに深く苦笑していた。

余程好きではない様だ。となればシュゼル皇子が食べる訳もなく、今まで彼の口から名前すら挙がらなかったのにも納得出来た。

「甘いのが好きなら、これとかお好きだと思いますよ?」

莉奈はその知らないお菓子を食べてみたいな……と思いつつ、魔法鞄から生キャラメルの入った小瓶を取り出した。

ノーマル、ビター、マーブル、塩の四種類が油紙に包まれ二個ずつ入っている。

「何コレ?」

アーシェスは瓶を手に取り、カラカラと揺らす。

その背後には、先程いた従業員が数名、遠目で覗いていた。気になって作業場から顔を出していたのだ。

「生キャラメル」

「何、生キャラメルって？」

「砂糖菓子」

莉奈がそう説明しても、まったく想像もつかないアーシェス。

しかも、初対面の人間が作ったお菓子。不安がイマイチ拭えない様子だ。アーシェスはチラリとフェリクス王を視線で窺っていた。

フェリクス王はそれには何も答えず、思わせ振りに笑った。

「ルーズ」

「は、はい？」

アーシェスがチラチラと見ていた従業員の一人を呼ぶと、ルーズはおずおずと出てきた。急に呼ばれたので落ち着かない様子だ。

「ちょっとコレ食べてみて」

アーシェスは瓶から一つ取り出すと、ルーズに手渡した。

どうやら自分はすぐ食べず、まずは毒見をさせる様である。

「へ？　いや」

「イヤ？」

「あっ、食べます食べます」

ルーズは毒見の役はヤダなと頬が引き攣ったが、アーシェスにチラリと睨まれ、仕方がないと受け取った。

莉奈が溶けやすいからすぐ口に入れてね？　とニコリと微笑むと、ルーズは可愛いなと少し頬を赤らめていた。

「んーっ⁉　んんー！」

ルーズはえいっと気合いを入れて生キャラメルを口に入れれば、途端に溶けたその菓子に目を見張っていた。

食べた事のない蕩ける様な甘さと、なめらかな舌触りにルーズはもうメロメロである。口を押さえて我慢出来ないとばかりに、フニャフニャと口端を綻ばせていた。

「ヤダ、気持ち悪い。え？　もう、あげないわよ」

ルーズが締まらないフニャフニャした顔のまま、瓶を寄越せと手を出したのでアーシェスはパシリと叩いた。

「マズイ！　スッゴいマズイ……いや、毒だ‼　毒が入っているからアーシェスさんは食べない方がいい‼」

「はぁ⁉　どの顔でそんな事を言うのよ。大体、毒だったら何故欲しがってるの！」

「欲しがってるんじゃない。処分しようとしているんですよ‼」

「何処に？」

「口に！」

――パチン。

その瞬間、アーシェスの平手がルーズの頬に当たった。

それでも、甘い声を出してクレクレとアーシェスの足に縋るルーズは、今度は容赦なく足蹴にされるのであった。


「あなた天才ね！」

生キャラメルを一個食べたアーシェスは、頬を押さえ蕩ける様な顔をしていた。そして、莉奈の両手を掴みブンブンと振って喜びを表していた。

「そうだ。あなた、コイツに捨てられたら、ここに来なさいよ。私が――」

「包丁が出来たら連絡をよこせ。じゃあな」

アーシェスの言葉を、最後まで言わせなかったフェリクス王。

まだ何か言うアーシェスを横目に、莉奈の肩を引き寄せ足早に出入り口に向かった。

「ちょっと！」

話はまだ終わってないわよ！　と文句を言うアーシェスを無視し、スタスタとフェリクス王は莉奈を連れ店から出たのであった。

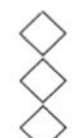

「いいんですか？」

話の途中で帰っていいのかと訊きつつ、ドキドキしている莉奈。

肩にフェリクス王の手が乗っていて、そこだけが妙にこそばゆい。

「キリがねぇ」

そう言って莉奈の肩から手を離したフェリクス王。

あのままあの場にいたら、莉奈はまた料理を作るハメになりそうだと感じた。それだと、もうキリがない。時間の無駄だと後にしたのだ。

「楽しかったですよ？」

肩から手が離れると何だか、今度はそこが寂しい気がする。

「お前は……」

フェリクス王はため息を吐き、言葉を飲み込んだ。

コイツは本当にどこへ行っても、誰とでも仲良くなるなと感服する。資質と云えばそれまでだが、こうも簡単に人の懐にスルリと入れる人間はそういない。

莉奈は表通りに出たところで、ふと気になった事を訊いた。

「あっ、そういえば。ジャスコとブスレって何ですか？」

「逆に訊きてぇよ。何と間違えてやがる」

「アーシェスさんが言ってたお菓子？」

「……」

フェリクス王はどういう間違いだと、苦笑する。適当にも程がある。

「食いてぇの？」

「うん‼」

こういう時の莉奈は、素直に可愛いと思うフェリクス王。

仕方がないなとばかりに、莉奈の頭をくしゃりと撫でた。

「先に言うが、そんなウマイ物じゃねぇぞ？」

「覚悟しておきます」

莉奈がニコリと笑い返せば、フェリクス王は小さく笑っていたのであった。

◇◇◇

数分後、アーシェスが言っていたお菓子を売っている店に着いた。

店の外観はパン屋っぽい感じで、大きなガラス窓で店内が見える可愛いらしいお店。ただ、お菓子はケーキ屋みたいなショーケースに並んでいる訳ではなく、パン屋みたいな籐の籠に並べて入っている様だ。

「あの辺で待っていてやるから買って来い」

フェリクス王はポケットからお金を出すと、適当な額を莉奈に手渡した。

「え？　中には？」

「入るかよ」

フェリクス王は渋面顔である。どうやら女性ばかりの店内に入りたくないみたいだった。

可愛いなと莉奈は小さく笑った。

「あ？」

「いえ、なんでもありませーん」

フェリクス王に睨まれたので、莉奈は顔を背けた。

父ならこういうお店も気にもせずに入るんだけど、フェリクス王は嫌みたいだ。そんな彼をやっぱり可愛いと思った莉奈だった。

「いらっしゃいませ～」

店内に入れば女性の店員が、挨拶をしてくる。

中は十畳くらいで、意外に狭い。カウンターみたいな台の上に、浅い籐の籠にお菓子が並んでいた。

〝エショデ〟と〝フワス〟とこちらの言葉で書かれてある。これがアーシェスの言っていたお菓子みたいだ。

常々思うけど、言語が分かるってスゴい有り難い事だ。召喚されましたが分かりません、でなくて良かった。

莉奈はそんな事を思いながら、〝エショデ〟と書かれてある物を見た。大きさはお煎餅(せんべい)くらいで見た目は白くて丸い。はぜ割れているから、堅いのかもしれない。

「……」

莉奈は何故か目が細くなっていた。

期待したつもりはなかったが、どこかひょっとしたら美味(おい)しいお菓子かもと甘い考えを抱いていた様だ。

シュゼル皇子が見向きをしない時点で、そういう物だと分かるべきだったと内心笑う。

〝フワス〟はどうだ？　と同じく見た。

これまた丸い。エショデよりもサイズは大きく、平たいパンの様に見える。色は薄い黄色をしている。

「う〜ん？」

どちらも堅そうに見える。柔らかいお菓子はないのかもしれない。

「ありがとうございました～」

莉奈はとりあえず、一つずつ買った。1個150ギル。庶民のお菓子なのか安い。

お菓子は食べ歩きも出来る様にか、紙の袋に入っている。王城にある紙に比べると、茶色っぽくて厚みも均等ではない。糸屑みたいな繊維も混じって見える。

どちらのお菓子も匂いはナンかパンのようで、やはり甘い物ではないらしい。


店から出ると少し離れたところに、腕を組んで待つフェリクス王が見えた。

高身長でスラリとした体躯。無駄のない引き締まった身体が、洋服ごしでも良く分かる。モデル雑誌の表紙がそのまま、そこにある様だった。

壁に寄り掛かる姿は、見慣れた莉奈でさえも見惚れる程。見慣れない周りの女性は当然見惚れる訳で、ひそひそと話しながら通っている。

「すっごいイケメンじゃない?」

「どこに住んでいるのかしら?」

「誰かと待ち合わせ?」

「誘ったら来てくれるかな」

「やだぁ。〝誘う〟ってドコによ!」

——モテモテだな陛下。

フェリクス王は遠巻きにだが、十数人以上に囲まれていた。

威圧感が半端ないから皆遠巻きだが、その睨みさえも堪らないのか女性達はキャッキャしていた。

——うっわ、近寄りたくない。

莉奈は遠い目をしていた。

あそこに行けば、確実に女性の視線を一身に受ける。それも突き刺さる様な痛い視線。目立つ事必至である。絶対に行きたくない。


どうしようか悩んでいたら、フェリクス王に見つかった。

早く来いと視線で促され苦笑いする莉奈。

「ですよね～」

〝何なのあの女〟という視線を背中にガンガンと受けながら、渋々向かう莉奈。

妬みと嫉み、色々な感情がナイフの様に突き刺さっていた。

足早に歩き出したフェリクス王の後を、莉奈はパタパタと慌てて追いかける。

「高みの見物とはイイ度胸してやがる」

「したくてしてた訳じゃないんですけど？」

「あ？」

「ファンに囲まれていて割り込みづらい？」

「何がファンだ。アホ」

女性陣から大分離れたのを確認すると、フェリクス王は速度を弛(ゆる)めた。

「何が可笑しい？」

「いえ、なんでも」

一緒に歩いていて思ったが、フェリクス王はやっぱり優しい。

彼が普通に歩けば確実に莉奈となんて合わないだろう。だが、莉奈の歩く速度にちゃんと合わせてくれている。無意識か意識してかは分からないが、どちらにしても優しい。

そう思ったら莉奈は思わず笑みが溢(こぼ)れていたのだ。

街を一緒に歩いて初めて、フェリクス王が女性に人気があるのは良く分かった。すれ違う女性はもれなく彼に見惚れる。

王城にいたら全く分からなかった事だ。そして、基本的にフェミニストだという事も知った。

日本でいうところの車道、馬車通り側は常に自分が歩いているし、莉奈が人にぶつかりそうになれば自然な仕草で引き寄せる。

見た目だけでも堪らないのにコレだもの。モテない理由(わけ)がない。

　フェリクス王が向かったのは、公園だった。王城の中庭と比べたら断然狭いが、整備された綺麗(きれい)な公園である。

　遊具らしい物は一つも見当たらない。真ん中に大きな噴水があり森林浴をする様な場所の様だ。

その噴水近くにあった木のベンチに、二人は並んで座っていた。

　莉奈は早速とばかりに、先程買ったお菓子の一つ〝エショデ〟にかぶりついた。

「んーっ？」

　大きさは煎餅程だが、食感は煎餅とは全く違うし、クッキーの堅さとも違う。漫画だったら、噛(か)んだ瞬間バキッかボキッといった擬音が出ているに違いない。

「ウマくねぇだろ？」

　隣でフェリクス王が笑っていた。

「スゴい堅くて……しょっぱい」

　堅い上にカラッカラに乾燥している。お煎餅みたいに良い塩梅ではなく、ものスゴくしょっぱいお菓子。

　なんて言ってイイか分からないけど、塩だけかけて焼いたピザの生地を、さらに一晩部屋に置いといた感じ？

おまけに、口の中の水分は全部持っていかれる。

莉奈は正直一口だけで、もういいやと思った。

「陛……フェ、フェリクスさんも飲みますか？」

喉が渇いたので莉奈は、魔法鞄から瓶を二つを取り出した。そのうちの一つをフェリクス王に渡すと、自分の瓶のコルクを抜きゴクゴクと飲んだ。いつでもどこでも飲める様に、ガラス瓶に紅茶や水を入れて持っているのだ。

「何だよコレ？」

「紅茶ですよ」

「お前……」

なんでそんな物を入れているんだと、受け取りながらも呆れていたフェリクス王。

莉奈の魔法鞄の使い方は、予想外だらけだ。

だが、飲んでみればキンキンに冷えていて美味しかったので、フェリクス王はぐうの音も出なかった。

「んー？」

莉奈はフワスにも一口かぶりついた。

これは、手のひらくらいのサイズで、やはり丸っこい。ナンよりも少し堅め。そして、やはり塩味だった。さっきのエショデよりは良い塩梅だが、もう口が塩味は求めていない。

ただ何かの香辛料が練り込んであるのか、塩辛いだけではなく複雑な味だ。黄色なのは、サフランの色の様である。

そして、こちらも小麦粉で作られていて、薄くて固いパンかナン？　説明の難しい食べた事のない不思議な味だった。

「食べますか？」

今さら過ぎるけれど、一人で食べているのも失礼かと差し出してみた。甘くはないし、食べるかな？　と。

「……」

フェリクス王は片眉を上げた。

「あっ。すみませ――」

莉奈は食べかけなんてさすがに失礼極まりなかったと、慌てて手を引っ込めようとした。だが、フェリクス王にその手を掴まれると、手ごと引き寄せられパクリと、フワスを一口食べられた。

「あぁ、こんな味だったな」

莉奈の食べかけを、気にもせずに食べたフェリクス王。ものすごく久々に食べたその味に渋面し、すぐに口を紅茶で洗い流していた。

「……っ」

莉奈は、ボッと顔が火照っていた。

思わず弟や家族にするノリで言ってしまったが、フェリクス王がそんな行動に出るとは思わなかったのだ。

握られた手が熱いとか、今のは間接キスではないのかとか……今さらながら色々と気付き、莉奈は頭がショートしかけていた。

そんな莉奈を見ていたフェリクス王は、面白そうに口端を上げた。

自分から食べる様に勧めて、恥ずかしそうにしているからだ。普段まったく女性らしくない莉奈が、妙なところで見せるウブな仕草や態度が可愛いと、笑っていたのだ。

「〜っ！　か、帰ろう‼　そうだ、帰らねばならん！」

隣で面白そうに見つめられ、いよいよ恥ずかしくなった莉奈は、勢いよく立ち上がった。

どうしていいのか分からなくて、ジッとしていられなかったのだ。とにかく走り出したい気分だった。

そんな莉奈を見て、ますます笑うフェリクス王なのであった。

第8章　帰城した莉奈は？

ゲオルグ家に別れを告げて王城に帰ったのは、それから一時間ほど経ってからだった。公園を出た後は、何をするでもなくのんびり二人で街を散策していた。

ただただのんびりと、話をしながら街をブラブラと歩いていた。だけど、それだけなのにスゴく楽しかった。

包丁は後日完成したら連絡が来るか届けに来るだろうとの話。こっちの世界の包丁がどんな物か、今からワクワクする莉奈であった。

「今日はすごく楽しかったです。ありがとうございました」

銀海宮の転移の間に送って貰った莉奈は、満面の笑みを浮かべフェリクス王にお礼を言った。

忙しい中わざわざ街を散策してくれた。それが、スゴく嬉しかったし楽しかったのだ。

「受け取れ」

転移の間から出ようとする莉奈に向かって、フェリクス王は何かを投げてよこした。

「え⁉　わ！」

莉奈は慌てて手を伸ばし、それを受け取った。

「あっ！　コレ！」

それを見て思わず、声が出た。

フェリクス王が投げてよこしたのは、竜のキーホルダーだった。莉奈が弟を思い出したあの店に飾ってあった物。

店先で莉奈が何を見ていたのか、気付いていた様である。アーシェスの店からいなくなった時に、買いに行ってくれたのかもしれない。

莉奈はお礼を言おうとし見上げたが、すでにフェリクス王は再び指をパチンと鳴らし、どこかへ瞬間移動していなかったのだった。

莉奈は渡すだけ渡して消えたフェリクス王に唖然としたが、なんだかスゴくフェリクス王らしいなと、自然と笑みが溢れるのであった。

◇◇◇

「あぁ‼　リナ、やっと戻って来たわね‼」

転移の間から出ると、ラナ女官長が待ってましたとばかりに声を掛けてきた。

その様子からして、ずっとヤキモキしながら待っていた様だった。

「どうしたのラナ？」

莉奈は一瞬ギョッとした。

扉を開けたら、目の前の廊下でウロウロしているラナ女官長がいたからだ。そんな所で待たれているとは思わなかった。

「どうしたのじゃないのよ！」

「ん？」

「なんでエギエディルス殿下に黙ってリヨンに行ったのよ」

「え？」

「一言声を掛けてから行けなかったの？」

「え、あ、何か急に行く事になったから……えっとゴメンなさい？」

莉奈は思わずたじろいだ。怒っている訳ではなさそうだが、あまりの迫力にビックリしたのだ。

エギエディルス皇子に言う暇はなかった……と言うか、城下町に連れて行ってくれると聞いて浮かれていた。彼に一言言っておくべきだったかと、反省する。

「あぁ、ごめんなさい。別にリナを責めている訳じゃないのよ。ただ、エギエディルス殿下が……」

しゅんとしてしまった莉奈を見て、ラナ女官長は詰め寄ってしまった事を謝罪しつつ、言葉尻（ことばじり）を濁した。

「エドがどうしたの？」

エギエディルス皇子に何かあったのか、不安になった莉奈。ラナ女官長が、血相を変える様な事でもあったのか。

「……」

押し黙るラナ女官長。なんだか言いづらいみたいだ。

「ラナ?」

莉奈が問い詰めると、少し辺りを見てからゆっくり言葉を選ぶ様に口を開いた。

ラナ女官長から話を聞いた莉奈は、複雑な表情をした。

話を聞いた限りだと、兄のフェリクス王に出し抜かれて拗ねている感じがする。それだけ、私の事を大事に思ってくれているのか……と思うと、顔がニヤケる。

「リナ、笑い事じゃないのよ?」

堪らずニヤニヤしていたら、ラナ女官長にため息混じりに言われた。

「だって、なんだか可愛いなって」

そんな事で拗ねるなんて、可愛い過ぎて顔がフニャリと緩む。

「……はぁ」

素直に口に出したら、いよいよラナ女官長にため息を吐かれ呆れられたのだった。

エギエディルス皇子の自室は【緋空宮(ひくうきゅう)】にある。

莉奈が行くのは何気に初めてだったりする。ワクワクするけど、ドキドキもする。ご機嫌斜めらしいと、ラナ女官長から聞いていたからだ。

そんな事になるのならエギエディルス皇子も誘えば良かったと、少し後悔していた。

たられぱな事を考えながら莉奈は、魔導具(ペンダント)をクリッと回して赤色に合わせると、緋空宮に飛んだ。

自室は最上階にあるだろうと想像した莉奈は、最上階の五階に飛んだのだった。転移の間から出ると、ちょうど近くに警護にあたる近衛(このえ)隊の人がいたので、エギエディルス皇子の自室の場所を訊(き)くと、突き当たりの部屋だと教えてくれた。

基本的に、莉奈のいる碧月宮(へきげつきゅう)もこの緋空宮も、外装や内装に変わりはないみたいだ。装飾品もパッと見た感じは、特に違いはなさそうである。

突き当たりの部屋だけ、扉の装飾が違った。宝石や金銀を使用した派手さではないが、豪華な彫刻が施されている。

ここが自室ですよ……って外見だけで丸わかりだ。

——コンコン。

「エドいる〜?」

莉奈は重厚な扉をノックした。

「……」

返事はない。

おかしいなと莉奈はもう一度、扉をノックした。

だが、数秒待っても何の返事も音もなかった。

――居留守だ。

絶対に居留守だと、莉奈は直感した。

だってさっき会った近衛隊の人は、部屋の場所を聞いた時、エギエディルス皇子は留守とは言わなかった。だからいるハズ。

瞬間移動(テレポート)を使えるから、どこかに行った可能性もあるが……。

とりあえず試しに、莉奈はドアノブを掴み押してみた。

施錠されていなかったのか、音もなく扉が開いた。護衛がいるから鍵(かぎ)は掛けていないらしい。

だとしても、少し不用心だと莉奈は思った。

「エド、いるんでしょ？」

皇子の部屋に許可もなく、勝手に入るなんて普通だったらありえないのだろうけど、返事がないのだから仕方がない。

返事を待たずに入ってキョロキョロとしていた。

「お前……何、勝手に入ってるんだよ」

不機嫌丸出しなエギエディルス皇子が、奥の部屋から出て来た。

不貞腐れたエギエディルス皇子が可愛いなと、口が綻ぶのを抑えつつ莉奈は言った。

「入りたかったから?」

「我が物顔だな」

エギエディルス皇子は盛大にため息を吐いた。

「エドの部屋は、何かカッコいいね」

不躾にキョロキョロと見渡した莉奈は、素直な感想を言った。

莉奈の部屋は基本的に、女性向けの可愛らしい部屋になっている。シュゼル皇子が莉奈のためにと用意してくれた調度品もそのまま。

勝手に変えていいとは言われているが、ほとんど変えていない。シュゼル皇子の好意を無下にするみたいでなんか嫌だったのだ。

ただ、ベッドの天蓋だけは、どうも性に合わなくて外させて貰ったけれど。

ピンクや白が多い莉奈の部屋とは違ってエギエディルス皇子の部屋は、青や白が基調の落ち着いた部屋だった。

必要最低限の物しか置いていないのか、広い客間がさらに広く感じる。

「どうせフェル兄の部屋の方が、カッコイイと思っているクセに」

褒められたのにますます拗ねて、エギエディルス皇子はプイっと顔を背けた。

「陛下の部屋なんか行った事なんてないし」

「え？」

「用もないのに行く訳ないでしょう？　あっ、こっちも見てイイ？」

莉奈は先程、エギエディルス皇子が出て来た扉を指差した。

「マジで兄上の部屋に行った事はないのかよ」

「ないよ？」

用があったとしてもイヤだよ。

エギエディルス皇子は何故か、行った事があると思っているみたいだけど。

「ふぅん」

そう頷（うなず）きつつエギエディルス皇子の口は綻んでいた。

魔導具（ペンダント）も貰ったし、莉奈の事だからてっきり行き来しているのかと思っていたのだ。

「あっ、勉……書斎だ」

莉奈は勉強部屋と言いかけて、咄嗟（とっさ）に止めた。

背伸びしたい年頃のエギエディルス皇子に、勉強部屋なんて言い方したら気に障りそうだ。

「許可も出してねぇのに、勝手に開けんなよ」

そう言いつつも、書斎と言われた事には満更でもなさそうだ。

「うっわ、スッゴイ本の量」

「話を聞けや」

エギエディルス皇子の話も右から左に、莉奈は好き勝手に見渡した。

入って目の前、反対側の壁一面は天井まである本棚だった。

その本棚には難しそうな本が、ギッシリ詰まっている。後は、勉強用の机と椅子の他に、寛げるソファと小さなテーブルがあるくらいだ。

壁には、風景画が一つだけ飾ってある。額縁からして高そうだ。

「エド、そこで勉強してるんだ」

「あぁ」

「なんかカッコイイね？」

どこかの社長室にありそうな、ブラウンのアンティークな机で勉強するのは、素直にカッコイイと思ったのだ。

「ふ、普通だよ‼」

エギエディルス皇子は恥ずかしそうに、顔を逸らした。

そんな事だけで、莉奈にカッコイイと言われるとは思わなかったのだ。さっきからカッコイイと何度も言われ、エギエディルス皇子の機嫌は徐々に直ってきた様であった。

「大体、何しに来たんだよ」

先触れもなくやって来た莉奈に、エギエディルス皇子はそっぽを向いて言った。

今、会いたくない気分だった。だが、気持ちの半分は会いに来てくれて嬉(うれ)しかったのだ。

「エドに会いに来たんだよ？」

「ウソつけよ。あ、兄上とリヨンに行ってたんだろ！　どうせその報告だろ」

兄と行って楽しかった話なんて聞きたくないな、とエギエディルス皇子は不機嫌気味に戻る。

吐き捨て不貞腐れた様にフンと鼻を鳴らした。

「楽しかったんだろうよ！」

いつも背伸びをしていて、そんな感情を表に出さないエギエディルス皇子が、あからさまな態度を見せている。

そんな彼が、妙に可愛いと莉奈は口端がフニャリと緩みそうだった。

「楽しかったよ？」

嘘(うそ)はつけないから莉奈は正直に言った。

つまらなかったなんて言ったら、それはそれでフェリクス王に失礼だし。

そう答えたら「そうかよ」とエギエディルス皇子はムスッとしていた。

「でも、エドと一緒だったらもっとも〜っと楽しかっただろうなって思った」

「……」

「今度はエドと二人で行こうね？」

莉奈はエギエディルス皇子を見てニッコリ笑った。

「……あ……あぁ」

まだ、少し納得がいかないのか口を濁すエギエディルス皇子。

莉奈のその言葉は、とって付けた様な慰めの言葉に聞こえたが、二人でと言われれば悪い気はしなかった。

「いつも一人で勉強してるの？」

「いや、いつもは家庭教師がいる」

今日はいないけどな、とエギエディルス皇子は机の上を軽く片付け始めた。

あまり勉強している姿は、見せたくないのかもしれない。

「あ、そうだ。エド、私の家庭教師をしてよ」

「あぁ？」

莉奈の突然の申し出に、エギエディルス皇子は驚き眉をひそめた。

「最近、また魔法を一から教わり始めたんだけど、タールさんよりエドから教わりたいなって」

莉奈は魔法を使えるのに、まったく使ってこなかった。使うのが怖かったからだ。

だけど、フェリクス王達と話す内に心境が変わっていた。

だから今さらとは思いつつ、魔法省のタール長官からまた、ゆっくりと教わり始めていたのだ。

「なんで俺なんだよ」

「ダメ？」

「ダメじゃねぇけど……」

エギエディルス皇子は、何故自分に教わりたがるのか気にはなったが、莉奈に頼まれればモゴモゴと承諾してしまった。

「ありがとう、エド」

「あ、あぁ」

莉奈に満面の笑みでお礼を言われれば、悪い気はしないエギエディルス皇子。

「一体どういう心境の変化なんだよ。ずっと魔法なんか使おうとしなかったのに」

エギエディルス皇子は不思議で仕方がない。

人が使う魔法や魔導具には興味津々なクセに、いざ自分が使うとなると適当にしかやらない。

莉奈が魔法を使っているのを見たのは、浴槽を造る時に見た、あの一度キリである。

莉奈の性格からして、魔法なんか使えたら絶対に何かやらかしそうなものだった。だが、四属性も使えるのに莉奈は、基本的な事を学んだ後は使おうとはしなかった。

それが、再びタール長官から魔法を一から学び始めたと耳にしていて、どういう心境の変化かと思っていたところだった。

「吹っ切れた？」

エギエディルス皇子にそんな事を訊(き)かれ、莉奈は困った様な表情をしながら、う〜んと呟き腕を伸ばした。

「何だよ、吹っ切れたって」

ますます理解出来ないと、眉を寄せるエギエディルス皇子に莉奈は苦笑いを返すと、過去の話をする事にしたのだった。

事故があったこと、家族の死、自分も死のうとしたこと。

莉奈が話し終えると、エギエディルス皇子は小さく「……そうか」と呟(つぶや)いていた。彼が事故に遭った訳ではないが、辛そうな表情をしていた。

しばらく前を見ていたエギエディルス皇子は莉奈の手をぎゅっと握るとこう言ってくれたのだ。

「お前のせいじゃない」――と。

そう強く言ったエギエディルス皇子の表情は兄王によく似ていた。

莉奈が魔法をほとんど使わないのには、理由があった。

それは家族を失ったアノ事故が、大きな原因である。

車が衝突した時、あるいは川に落ちた時……今みたいに自分に魔法が使えたら助けられたのではないか？と思うからだ。

魔法のあるこの世界であっても、過去は変えられない。それは十分知っている。だけど、魔法を使うたびに、もしもあの時使えたら……とイヤでも考えてしまう。

それが、莉奈の心にどうしてもひっかかり、魔法に集中出来なかった。

だけど、今は違う。万が一に次があった時、何も出来ない訳ではないのだ。何かしらは出来る。

そう考えが変化し、今自分が出来る最大限の事をしたいと、頭が切り替わったのである。

それはエギエディルス皇子に会い、守りたいと思う様になったからであった。今度こそ、大切なモノを失いたくなかったのだ。

書き下ろし番外編　エギエディルス皇子の魔法講座

エギエディルス皇子に魔法を教わるため、莉奈（りな）は【黒狼宮（こくろうきゅう）】に来ていた。

【白竜宮（はくりゅうきゅう）】と同様に、ここにもテーマパーク並みに大きい演習場があるのだ。軍の演習は勿論（もちろん）、魔法の練習や実戦も行うらしい。

莉奈はそんな大規模な魔法を使えないのだが、万が一も考え、ここで練習することになったのだ。

早速、地面を盛り上げてみろとエギエディルス皇子に言われ、莉奈は地面に向かって両手を伸ばして魔法を使ってみた。


――ボコ。


地面が数センチ盛り上がっただけだった。

「お前は〝集中力〟と〝想像力〟が足りねぇんだと思う」

それを見たエギエディルス皇子が分析していた。

魔力が少ない訳ではなさそうだ。だが、魔力の流れに集中できず、ただ盛り上げればイイやと魔法をかけた結果がこれなのだ。

「え？　どうすればいいの？」

「とりあえず作りたい物を想像して、それに魔力を注ぐイメージでやってみろよ」

エギエディルス皇子は眉根を寄せて唸る莉奈に、簡単に説明してくれた。

「想像して魔力を注ぐ……」

莉奈はもう一度両手を伸ばし、作りたい物を考えた。


――ボテ、ボテ。

今度は空中に出来上がった〝何か〟が地面に落ちる音がした。

「……何だよ。コレ」

握り拳三個分の土の塊が、莉奈の足元にあったのだ。

何もなかったところに〝ソレ〟が現れたのだから、魔法で作ったのだと分かるが、〝何か〟は分からない。

エギエディルス皇子は怪訝そうな顔をしていた。

「お前、コレを作る時、何を想像した？」

「……」

まさかと思いながらエギエディルス皇子は、莉奈の顔を見た。

「〝からあげ〟だろ」

凸凹した土の塊は、エギエディルス皇子の大好物の〝からあげ〟に見えたのだ。

そう聞かれた途端に顔を逸らすのだから、正解なのだろう。

「お前、アホだろ？」

エギエディルス皇子は呆れていた。

魔法で食べ物を作り上げる者はいないからだ。

しかも、からあげである。呆れを通り越して、感服する。

「だって、頭に思い浮かんだのが〝からあげ〟だったから」

「……アホなんだな？」

エギエディルス皇子は改めて言うのであった。


——ドボドボドボ。

もう一度やり直しと言われた莉奈が改めて手を伸ばせば、手の平から粘度の高そうな泥水がボタボタと落ちていたのだ。

「……今度は何を想像したんだよ」

エギエディルス皇子が気持ち悪そうな表情をしていた。魔法で泥水を出す意味も分からないが、何を想像すると出てくるのか、もっと分からない。

「〝マヨビーム〟」

出たらいいなと、莉奈はつい想像してしまったのである。

「分かった」

その返答を聞いたエギエディルス皇子は大きく頷(うなず)いた。

「お前はアホなんだ」

「え？　さっきから失礼じゃない⁉」

「邪念が多いんだよ、お前は‼」

「え――っ？」

「食い物を一回頭から外せ‼」

エギエディルス皇子は、莉奈の邪念の多さに喝を入れた。

魔法がどうこう以前に、食べ物から一回離れろと。

莉奈が反論しようと口を開けたその時――


ぐうぅぅぅ〜〜〜っと莉奈の腹が鳴った。

「だからお前はそういうところだよ‼」

エギエディルス皇子は、どういう状況で腹を鳴らすのだと完全に呆れかえり、今日はもういいやと諦(あきら)めたのであった。

——後日。

莉奈の出した【泥水】のことを耳にしたシュゼル皇子や魔法省長官のタールは驚愕した。

まだ魔法初心者の莉奈が、【土】と【水】の合成魔法を使った事に、だ。

ちなみに魔法で泥水を作ったのは莉奈が世界初らしかった。利用価値を見出せない【泥水】を作るという発想には今まで誰（だれ）も至らなかった様だった。

あとがき

まずは担当様、本書の制作に携わって下さった皆様、いつもありがとうございます。

そして皆々様、続刊をお手に取っていただき感謝いたします。

神山です。


相も変わらずあとがきに悩み、本屋で人様のあとがきを読み漁(あさ)ったのは誰か。私でございます。

本当に書く事がない。読者様があとがきに何を求めているのかさっぱりです。


さて何を書こう。

先代が天に召され早数年。

新しく〝フトアゴ〟を飼い……同居し始めた事でも書きましょうか。

現在、まだまだ子供のフトアゴちゃんの体長は10センチほど。

食用のコオロギや野菜を食べ、すくすくと育っています。

まだまだ可愛(かわい)いさかりですが、そのうち態度も体も大きくなる事でしょう。小さい頃(ころ)はエギエデイルス皇子の様にちょこまかと可愛いものですが、大きくなったらフェリクス王の様に「あ?」という顔をされるに違いありません。

まぁ、まだ小さいので、性別は不明なんですけどね。
ですが……男の子の様な気がします(笑)。
次回逢える時には、性別も判明していると思います。

頭の大きさで‼(笑)

では、また逢える日を願って。

お便りはこちらまで

〒102－8177
カドカワBOOKS編集部　気付
神山りお（様）宛
たらんぼマン（様）宛

カドカワBOOKS

聖女じゃなかったので、王宮でのんびりご飯を作ることにしました 5

2021年8月10日　初版発行

著者／神山りお

発行者／青柳昌行

発行／株式会社KADOKAWA

〒102-8177
東京都千代田区富士見2-13-3
電話／0570-002-301（ナビダイヤル）

編集／カドカワBOOKS編集部

印刷所／暁印刷

製本所／本間製本

※定価（または価格）はカバーに表示してあります。

●お問い合わせ
https://www.kadokawa.co.jp/（「お問い合わせ」へお進みください）
※内容によっては、お答えできない場合があります。
※サポートは日本国内のみとさせていただきます。
※Japanese text only

Printed in Japan
ISBN 978-4-04-074191-8 C0093

新文芸宣言

かつて「知」と「美」は特権階級の所有物でした。

15世紀、グーテンベルクが発明した活版印刷技術は、特権階級から「知」と「美」を解放し、ルネサンスや宗教改革を導きました。市民革命や産業革命も、大衆に「知」と「美」が広まらなければ起こりえませんでした。人間は、本を読むことにより、自由と平等を獲得していったのです。

21世紀、インターネット技術により、第二の「知」と「美」の解放が起こりました。一部の選ばれた才能を持つ者だけが文章や絵、映像を発表できる時代は終わり、誰もがネット上で自己表現を出来る時代がやってきました。

UGC（ユーザージェネレイテッドコンテンツ）の波は、今世界を席巻しています。UGCから生まれた小説は、一般大衆からの批評を取り込みながら内容を充実させて行きます。受け手と送り手の情報の交換によって、UGCは量的な評価を獲得し、爆発的にその数を増やしているのです。

こうしたUGCから生まれた小説群を、私たちは「新文芸」と名付けました。

新文芸は、インターネットによる新しい「知」と「美」の形です。

2015年10月10日
井上伸一郎